AF222277

Mein weiter Weg

Hans-Heinrich Gurland

Mein weiter Weg

Braunschweig – London –
Australien – USA – Hildesheim

Bibliografische Information der Deutschen Nationalbibliothek
Die Deutsche Nationalbibliothek verzeichnet diese Publikation in der
Deutschen Nationalbibliografie; detaillierte bibliografische Daten sind
im Internet über http://dnb.d-nb.de abrufbar.

© 2008 Hans-Heinrich Gurland
Satz, Umschlaggestaltung, Herstellung und Verlag:
Books on Demand GmbH, Norderstedt
ISBN: 978-3-8370-4848-3

»Sich eines Erlebnisses erinnern, ist etwas
anderes als sich seiner
gerade noch entsinnen.«
(Erich Kästner: Die Kleine Freiheit,
Fischer Bücherei 507, 1963,
S. 100)

»Sich-Erinnern
ist ein wesentliches Moment
des Weges nach innen.«
(Dorothee Sölle: Die Hinreise,
1. Auflage, Kreuz-Verlag, 1975,
S. 142)

Hildesheim, 2008

Inhalt

Geleitwort

Vor einem Jahr stieß ich in Darmstadt bei der Durchsicht der einst von dem Erlanger Theologen *Eduard Steinwand* (1890-1960) hinterlassenen Bibliothek auf ein schmales Heft, das meine Aufmerksamkeit fesselte. Es enthält sieben Predigten aus dem Jahre 1939, kurz nach Kriegsbeginn in Großbritannien gehalten, von einem deutschen Theologen, dem Bonhoefferfreund *Franz Hildebrandt* (1909-1985)[1], herausgegeben von der *Church of England, Commitee for »non-aryan« Christians*, 1940. Das Heft heißt: »*Theologie für Refugees. Ein Kapitel Paul Gerhardt*«. Es ist das Eindrücklichste über Paul Gerhardt, das ich in seinem Jubiläumsjahr 2007 gelesen habe. Predigten eines Flüchtlings für Flüchtlinge. Eine Theologie, entworfen und entfaltet »in tormentis«.

Ich erzählte Freunden von meinem Fund; ich dachte an einen kommentierten Neudruck der seltenen kleinen Schrift. Einer der Freunde, gleichfalls in Bann geschlagen von der Klarheit und seelsorgerlichen Kraft dieses »Kapitels Paul Gerhardt« fragte, ob er Hildebrandts Adventspredigt nicht jetzt schon in seinem Weihnachtsgemeindebrief abdrucken dürfe[2]. Als ich meinem verehrten Gesprächspartner Pastor Hans-Heinrich Gurland (* 1921) von diesem Heft erzählte, fragte ich ihn, wie er 1939 als Schüler Deutschland verlassend London erlebt hätte und ob es noch Dokumente seiner Exilierung dorthin gebe. Dann kamen seine Briefe von einst ans Licht, mit ihnen der Gedanke, sie zu

---

1   Vgl. Eberhard Bethge: *Dietrich Bonhoeffer. Theologe - Christ - Zeitgenosse*, München 1967; Karl Heinz Voigt: Artikel *Hildebrandt, Franz*, in: BBKL XV (1999), Sp. 707-714.

2   *Gemeindebrief der Evangelischen Kirchengemeinde Köln-Rondorf* Jg. 29, Heft 88 (2007/2008), hrsg. von Thomas Hübner, S. 5-15.

veröffentlichen als ein Zeugnis jenes besonderen Augenblicks; auch aber meine Frage an Hans-Heinrich Gurland, ob er nicht im Zusammenhang sein Leben erzählen wolle.

Einiges wußte ich schon lange durch alte, feste Bande zu der Familie Gurland. Anderes war am Rande aufgeleuchtet, als wir uns mit der Vita des Vaters Rudolf Gurland (1886-1947) beschäftigten, der 1919 sein baltisches und 1939 sein hannoversches Pfarramt durch »rotes« und durch »braunes« Unrecht verloren hatte[3]. Wir beschäftigten uns in der Folge mit dem Leben seines Großvaters Rudolf Hermann Gurland (1831-1905), der als Rabbinersohn zum Rabbiner bestimmt sich taufen ließ und als evangelischer Theologe ein weit wirkender Judenmissionar wurde[4].

Schließlich machte sich nun der Enkel jenes Mannes, der »in zwei Welten«[5] gelebt hatte, Sohn des aus zwei Kirchen Vertriebenen, daran, die eigene Vita zu skizzieren. Er begann zögernd; ich hatte das Gefühl: zunehmend aber doch auch gerne, manches wieder aufsuchend und neu reflektierend. So entstand aus Briefen, Notizen und bescheidenem Weitererzählen diese fesselnde Skizze eines nun wieder über natürliche Grenzen weit hinausführenden Weges.

Mülheim an der Ruhr, am 6. Juli 2008   *Stephan Bitter*

---

3   Stephan Bitter und Hans-Heinrich Gurland (Hrsg.): *Unsichtbare Kirche. Rudolf Gurlands Erleben des Bolschewismus und des Nationalsozialismus*, Rheinbach, 1999. Zweite Auflage 2000.
4   Vgl. Stephan Bitter und Hans-Heinrich Gurland: Artikel *Gurland, Rudolf Hermann (Chaim)*, in: BBKL XXVI (2006), Sp. 551-572.
5   Vgl. An. [=Gurland, Helene, geb. Baronesse von Drachenfels]: *In zwei Welten*. Ein Lebensbild des Pastor prim. Rudolf Hermann Gurland, Gütersloh 1907; 5. Auflage, mit einem Geleitwort von Prof. D. Martin Kähler (Halle), Dresden, 1921.

Kapitel 1 | Kindheit und Jugend

1.1 »Frohbeenchen«

Meine frühesten Kindheitserinnerungen liegen in Gödringen, einem kleinen Dorf zwischen Hildesheim und Hannover. Schräg gegenüber der kleinen, hübschen Dorfkirche lag das Pfarrhaus, ein großer, behäbiger Fachwerkbau mit Nebengebäuden: Plumpsklo, Waschküche, Stallungen und einer Scheune. Von diesem Hof ging es in den Garten, der mit einem »Paradies« begann, einem von Büschen und Blumen begrenzten Sitzplatz mit Tisch und Gartenstühlen. Dahinter lag ein großer Gemüsegarten, der durch einen langen Weg geteilt war. Diesen Weg entlang »galoppierte« ich oft und gern. Ich sprang den Weg entlang und klopfte dabei mit den Händen hinten auf meine Hose, so daß es klang wie »tererap tap tap, tererap tap tap« wie ein galoppierendes Pferdchen. Vielleicht war das der Grund, warum meine Mutter, genannt Mammchen, mich »Frohbeenchen« nannte.

Früher noch liegt eine Begebenheit, die ich nur aus den Erzählungen der Erwachsenen kannte: Ich lag noch im Kinderwagen und bestaunte auf dem Hof unsere Hühner. Die fand ich so faszinierend, dass ich mich aus dem Wagen lehnte, wenn sie wegliefen. Dabei fiel ich einmal aus dem Wagen. Die Narbe habe ich noch als Erwachsener zeigen können – als Alibi für meinen Dachschaden … –

Diese Gödringer Jahre waren wohl die ungetrübteste Zeit meines Lebens – natürlich, die Kindheit. Die Geschwisterzahl wuchs: Gottfried war noch »in der Heimat« (d. i. in Kurland, heute Lettland) geboren, am 27. Januar 1918, am letzten Kaisergeburtstag! Daher erhielt er als zweiten Namen: Gottfried *Wilhelm*. – Ich wurde am 3. Juni 1921 in Celle geboren, Rolf kam 1923, Axel 1924 und zuletzt, 1928, vom Vater[6] jubelnd begrüßt, kam die erste (und einzige) Tochter, Elisabeth Helene, Mathilde, genannt Lisalenchen.

Wir führten das typische Dorfleben wie noch im 19. Jahrhundert. Gödringen war ein kleines Dorf, aber die Kinderzahl war groß. Wir spielten Kriegen um den Thie, ließen mit

---

6   Rudolf Gurland, * 1886 in Mitau/Kurland, † 1947 in Celle; Pastor. Zu seiner Lebensgeschichte s. *Unsichtbare Kirche* (wie Anm. 3).

selbst gebastelten Peitschen die Kreisel auf der Dorfstraße tanzen. Bei Regen durften unsere kleinen Papierschiffchen auf der Gosse schwimmen. Es gab im Dorf nur ein Auto, das von Major *Busch*, dem größten Hofbesitzer im Dorf. Wenn es – selten genug – durchs Dorf fuhr, stürzten wir Kinder ans Fenster: »O, ein Auto!« – Als in den sechziger Jahren – selten genug – ein Reiter durch Hildesheim trabte, stürzten meine Kinder ans Fenster: »O, ein Pferd!« – – –

Auf allen Höfen gab es noch einen Pferdestall, einen Kuhstall, einen Schweinestall, einen Hühnerstall und in der Mitte des Hofes duftete der Misthaufen. – Auf dem letzten Erntewagen durften wir Kinder mitfahren. Und dann kam das Erntefest! Der Altar in der Kirche war überladen mit den Früchten der Felder und Gärten – und die Kollekte beim Erntedankfestgottesdienst war größer als am Heiligen Abend.

Gerne besuchten wir den Kindergottesdienst. Da hörten wir viele schöne Geschichten, lernten zu beten und beim dreifachen *Schlußsegen* machten wir Jungen drei Diener, die Mädchen drei Knickse. Unvergessen.

In der Adventszeit sammelte meine Mutter[7] die Mädchen des Dorfes und bastelte mit ihnen den Weihnachtsschmuck, nicht nur für die Kirche: Weiße Papierlilien, lange Strohketten und Sterne, Sterne. Die Mädchen kamen gerne, denn es gab baltisches Weihnachtsgebäck!

In der einklassigen Dorfschule erlebte ich meine ersten drei Schuljahre. Es sage niemand, wir hätten da nichts gelernt! Der Lehrer, Herr *Schünemann*, war heiß geliebt und verehrt. Nur mein großer Bruder Gottfried hatte den Mut, unseren Lehrer in den April zu schicken: »Herr Schünemann, mein Vater möchte Sie sprechen.« Die ganze Schule hing am Fenster, als

---

7   Elisabeth (Else) Gurland, geb. von Rieder, 1885–1957.

der Lehrer den Weg zum Pfarrhaus ging, bis er, skeptisch geworden, sich umdrehte und die lachenden Gesichter am Fenster sah. Er soll sehr milde und verständnisvoll reagiert haben.

Der Abschied von Gödringen fiel mir nicht leicht, denn ich hatte schon eine Freundin, die Tochter des Tischlers und Kirchenvorstehers Wolfes, der den alten Taufengel auf dem Boden der Kirche entdeckt und repariert hat. Dieser Engel hängt noch heute in der Kirche; und noch heute spüre ich den herrlichen Duft einer Tischlerwerkstatt. Holz ist ein wunderbares Material, kein Vergleich mit Plastik.

Der Umzug nach Meine, Kreis Gifhorn, im Jahre 1930 war für uns eine Sensation. Ein großes Pfarrhaus mit 13 Zimmern, ein riesiger gepflegter Garten von angeblich zwei Morgen! Auch hier ein »Paradies«, nur noch größer. Dahinter ein großer Wäscherasen mit einem Sandkasten und viel Gartenland. Wir Kinder bekamen jeder ein kleines Beet, um Radies-

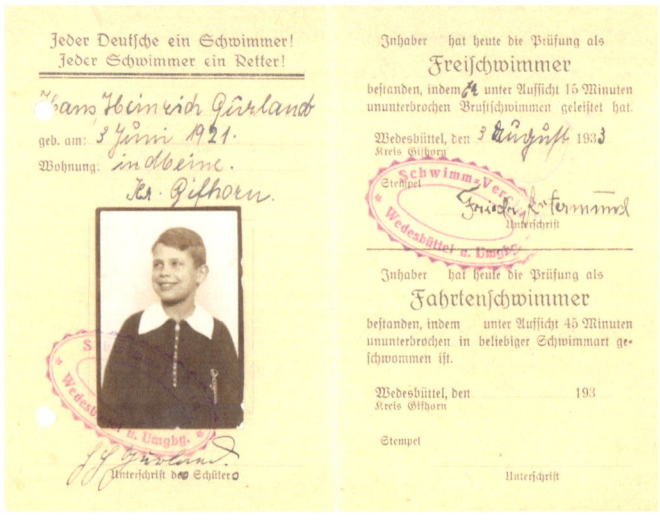

chen oder Bohnen wachsen zu sehen. Es gab Obstbäume und Obststräucher in Fülle. Wir haben viel geerntet – und viel gearbeitet! Zumal es immer schwerer wurde, ein tüchtiges Mädchen zu finden. Unser Annelieschen wurde uns weggeheiratet. Danach wurde es zunehmend schwierig in Meine – nicht nur im Garten.

Damit endet das Kapitel vom Frohbeenchen. Mein Freischwimmerausweis aus dem Jahre 1933 zeigt noch ein fröhliches Kindergesicht. Aber mit dem Jahre 1933 beginnt ein neues Kapitel.

1.2 »DES VATERS SEGEN BAUT DEN KINDERN HÄUSER« (Sirach 3,11)

Jahrelang hatte mein Vater als Reiseprediger des Gustav-Adolf-Vereins Vorträge über seine Erlebnisse in bolschewistischen Gefängnissen gehalten und dabei vor dem gottlosen Bolschewismus gewarnt. Daher wurde er in Meine von der NS-Partei freundlich und wohlwollend aufgenommen. Drei Jahre konnte er ungestört und erfolgreich arbeiten, vieles neu anfangen wie die Frauenhilfe, den Kindergottesdienst, den Posaunenchor, einen Jünglingsverein und einen Gemeindebrief, den »Pfarrgruß«. Dabei war sein Verhältnis zum NS-Ortsgruppenleiter Heinrich Bade freundschaftlich. Unglaublich, aber wahr: »Karfreitag 1933 veranlasste Ortsgruppenleiter *Bade*, dass die SA in Uniform zum Abendmahl ging, er selbst voran. Das hat sich nie mehr wiederholt.«[8]

Das aber änderte sich, als ein ganz junger Mann aus unserer Gemeinde Kreisleiter wurde[9]. Der hatte den Ehrgeiz, seinen

---

8 Rudolf Gurland, s. *Unsichtbare Kirche*, 2000 (wie Anm. 3), S. 134.
9 Ernst Lütge (1909-1981), seit 23.10.1933 Kreisleiter in Gifhorn.

Kreis Gifhorn »judenrein« zu machen. Anfangs höflich, dann brutal verlangte er, dass mein Vater aus Meine verschwinde. Da Vater in der Gemeinde sehr beliebt war, begann der Kreisleiter seine Aktion gegen den Kleinsten. Der war ich.

Es ist der heutigen Generation kaum möglich zu verstehen, mit welcher Begeisterung der weitaus größere Teil des deutschen Volkes dem Aufruf zu einer nationalen Erneuerung und zum Ende der schrecklichen Arbeitslosigkeit folgte: »Deutschland erwache!« – Hakenkreuzfahnen bestimmten das Bild nicht nur im Dorf, auch in Braunschweig. Ich habe als Junge seit Januar 1933 drei Fahnen vom Meiner Kirchturm gehisst: Die Kirchenfahne mit dem blauen Kreuz, die alte Reichsfahne schwarz-weiß-rot und die blutrote neue Hakenkreuzfahne. Nach dem Tode von Hindenburg am 2. August 1934 blieben nur zwei …

Fast alle Jungen im Dorf traten in die Hitlerjugend. Gottfried und ich, wir wollten auch dabei sein. Vater sprach mit dem Ortsgruppenleiter, ob da Bedenken bestünden wegen unserer nicht »reinarischen« Abstammung. – Aber Herr Pastor, wir kennen doch Ihren Kampf gegen den Bolschewismus. Natürlich dürfen Ihre Kinder in unsere Partei! Also trat ich im Herbst 1933 in das Deutsche Jungvolk, während Gottfried schon in die Hitlerjugend aufgenommen wurde.

Im April 1934 erhielt ich einen Brief von meinem Fähnleinführer, ohne Anrede und Gruß: »Auf Anordnung des Führers des Stammes IV/3/77 teile ich Dir heute den Ausschluss aus dem Deutschen Jungvolk mit. Grund: Nicht-arische Abstammung. Heil Hitler.« Unterschrift. –

Das traf hart. Mein Bruder Rolf erzählte mir Jahrzehnte später, er sähe mich noch auf der Stufe vor dem Pfarrhaus sitzen und weinend die Rune von meinem Koppelschloss entfernen. Vater schrieb an den Kreisleiter und bat um eine

Ausnahmeregelung. Die Antwort: »Leider gibt es hier keine Ausnahme, da es sich um eine reine Prinzipienfrage handelt.« – Damit war unsere Isolierung im Dorf und in der Schule besiegelt. Die Folgen spüre ich bis heute.

Sechs Jahre lang versuchte der Kreisleiter vergeblich, meinen Vater aus Meine zu entfernen. Am gefährlichsten war der Versuch, die Einbürgerung aus dem Jahre 1921 rückgängig zu machen. Aber der Landrat lehnte diesen Antrag der Partei ab. Erst 1939 hat die Landeskirche auf Druck der Reichskirchenregierung in Berlin meinen Vater in den einstweiligen Ruhestand versetzt.

Kurz zuvor, Ende 1938, bot sich uns eine ganz neue und völlig unerwartete Möglichkeit: Am 10. November 1938 hatte ich als Fahrschüler auf dem Weg vom Bahnhof zum Gymnasium in Braunschweig die schrecklichen Ergebnisse der »Kristallnacht« gesehen, die zerstörten Fenster aller jüdischen Geschäfte. In der Schule war große Aufregung: Ein deutscher Diplomat[10] war in Paris von einem Juden erschossen worden. Auch wir Schüler waren empört. – Aber in der Pause nahm mich einer beiseite, *Siegfried Althoff*, unser bester Sportler, und sagte zu mir leise: »Was soll der Quatsch? Bei uns im Hause lebt ein altes jüdisches Ehepaar. Heute Nacht kam die SA, warf ihre Möbel aus dem Fenster und holte die beiden Alten ab.« – Dieser Siegfried Althoff fiel bald darauf an der Krim …

Das Entsetzen über diese Kristallnacht ging um die ganze Welt, kam auch nach USA. Es war wohl der Anlass für einen Brief, der uns Ende 1938 erreichte: Ein Rev. Finestone fragt beim Verlag Ungelenk in Dresden, der die Lebensge-

---

10   Ernst Eduard vom Rath (* 3.6.1909 in Frankfurt am Main; † 9.11.1938 in Paris). Das Attentat auf ihn diente dem nationalsozialistischen Regime als Vorwand für die Pogrome der sogenannten »Reichskristallnacht«.

schichte meines Großvaters gedruckt hat[11], ob noch Nachfahren dieses Rudolf Hermann Gurland (1831-1905) in *Nazi Germany* lebten. Er würde denen gerne helfen. – Mein Vater entsann sich dunkel: Da war einmal eine Familie Feinstein in seinem Elternhaus gewesen. Die Witwe eines Mitarbeiters seines Vaters, der in seiner Jugend Rabbiner, später Pastor und Judenmissionar in Odessa gewesen war. Dort war ein Julius Feinstein sein »Kolporteur«, Verwalter und Verteiler der missionarischen Schriften, plötzlich verstorben. Mein Großvater ebnete der Witwe und den drei Kindern den Weg nach Amerika. Meine Großmutter[12] muss die Familie einige Zeit im Hause so freundlich und liebevoll betreut haben, dass ein Sohn in seinem

Brief 40 Jahre später davon noch schwärmt.

Das Angebot einer Auswanderung mit der Familie lehnte mein Vater ab. Er war noch im Amt und durch eine Bestimmung der Nürnberger Gesetze geschützt: Beamte – zu denen auch die Pastore gehörten – die jüdische »Mischlinge« sind, durf-

---

11 Vgl. Anm. 5.
12 Helene Gurland, geb. von Drachenfels, 1853–1916.

ten im Amt bleiben. Aber kein nicht »reinarischer« Bewerber konnte Beamter werden, also auch nicht Pastor! Das traf auch auf mich zu, denn ich wollte damals schon Pastor werden. Also fragte mein Vater, ob die Freunde in USA mir zum Weg ins Pfarramt helfen könnten.

Die Antwort kam prompt: Schicken Sie uns Ihren Sohn, wir werden ihn auf einem lutherischen Seminar zu einem lutherischen Pastor ausbilden lassen. – Die Größe dieses Angebotes, ein freies Studium in USA, war mir anfangs gar nicht so bewusst. Viel drängender war eine schnelle Antwort auf die Frage: Bin ich dazu bereit??

Ich hatte durch meinen Vater den Kirchenkampf intensiv begleitet. In diesem »Geisteskampf um Christus« (Karl Kindt, Wichern Verlag, Berlin 1938) wollte ich dabei sein, wollte Christus als Pastor dienen, wenn nicht hier, dann im Ausland. So sagte ich schnell Ja!

Meine Cousine *Inge*[13], Mündel meines Vaters, die in England studierte, drängte: Er soll gleich kommen, denn das deutsche Abitur wird nach der Kürzung der Gymnasialzeit um ein Jahr nicht mehr überall anerkannt. Er soll kommen, ehe er 18 wird und damit wehrpflichtig und hier das Londoner Abitur machen. Das gilt weltweit.

Nun wurde es dringend: Pass und Ausreise bis zum 3. Juni?? Das Passamt verlangte auch jetzt schon Urlaub von der Wehrmacht. Also per Rad nach Gifhorn zum Wehrersatzamt, dumme Fragen beantworten: Sie wollen sich wohl drücken? - Keineswegs! Ich habe einen Studienplatz in USA. Wenn ich 21 werde, komme ich, um meinen Wehrdienst zu leisten. Wie mein Bruder, der schon Soldat ist.

Außer dem Pass musste ich bei der englischen Botschaft

---

13 Inge Gurland (1813-1961), Dr. phil., Anglistin, Tochter des früh verstorbenen Dr. phil. Max Gurland (1882-1925).

ein Visum beantragen. Das Zollamt verlangte eine genaue Inventarliste meines Gepäcks, die 14 Tage lang geprüft werden musste. Beim Reisebüro konnte die Fahrkarte erst bestellt werden, wenn der Reisetermin feststand. – Eine lange Geduldsprobe. Endlich, am 14. Mai 1939, kam der Pass, am 20. Mai das Visum.

Der Abschied vom Schuldirektor war nett, der von den Geschwistern bewegend. Rolf schenkte mir seine Armbanduhr, weil meine kaputt war. Am 15. Juni brachten mich meine Eltern und Gottfried nach Braunschweig. Dort ging der Zug nach Vlissingen um Mitternacht ab. Der Abschied war nicht leicht, besonders nicht für Mammchen. Ich blieb gefasst. Vater hatte uns zu Hause eine Andacht gehalten. Jetzt hieß es Auf Wiedersehn und Gott befohlen! – Dann fuhr ich in die dunkle Nacht in eine Zukunft, die hell erschien – durch den Segen der Väter. – – –

Kapitel 2 | London (16.06.1939 – 16.05.1940)

2.1 Briefe aus London (1939 – 1940)

19 Draycott Place, London SW3   17.6.1939

Ihr Lieben zu Hause!

Meine Reise verlief tadellos. Alles klappte. Als ich im Zug abgefahren war, war an ein Schlafen gar nicht zu denken. Es war viel zu voll. Aber in Osnabrück wurde es leerer, außer mir waren nur noch zwei junge Mädchen im Abteil, die auch bis London fuhren.

Bei Bentheim war Pass- und Devisenkontrolle. Ich hatte von den 15,- RM nichts ausgegeben und schickte daher 4,50 RM wieder an Euch zurück. Für die 10,- RM erhielt ich eine Zehn-Shilling-Note und drei holländische Gulden, die ich auf dem Schiff für 6s6d (gleich 6 Shilling und 6 Pence) eintauschte.

Das englische Geld ist urkomisch. Der Penny, etwa 5 – 6 Rpf, ist eine Kupfermünze von der Größe etwa unserer alten Fünfmarkstücke. Der Florin, etwa 1,10 RM, eine Silbermünze so groß wie unsere neuen Fünfmarkstücke. Das sixpence-Stück, gleich ein halber Shilling, ist eine winzige Silbermünze so groß wie unser Pfennig! – Außer den 5 RM zu viel durfte ich alles mitnehmen.

In Vlissingen gingen wir bei ganz ruhiger See und herrlichstem Sonnenschein an Bord. Kurz vor 2 Uhr dampften wir los und waren kurz nach 7 Uhr in Harwich. – Es war doch ein etwas komisches Gefühl, als man den alten Kontinent hinter sich zurückließ. Nur wenige Male auf der ganzen Reise kam dieses Gefühl auf. Das erste Mal am stärksten in Braunschweig, dann an der Grenze und auf dem Schiff.

Die Überfahrt war manchmal geradezu langweilig. Das Schiff schaukelte kein bisschen. Vor der Landung gab es ein wahnsinniges Drängen mit Koffern und Menschen. Wie froh war ich, dass ich mich um meinen [Koffer] nicht zu kümmern brauchte!

Dann ging es zur Passkontrolle. Danach führte mich eine alte Frau zu einem Herrn, der mir einmal in den Mund guckte! Dann ging's zum Zoll. Dort musste ich mit dem Gepäckschein meinen Koffer abholen (das heißt natürlich ein Träger), brauchte ihn aber nicht auszupacken, sondern der Beamte griff und sah nur ein paar Mal hinein und dann ging's zum Zug. Der Koffer wurde wieder aufgegeben (derselbe Gepäckschein) und kurz vor 8 Uhr abends fuhren wir los und ohne einmal zu halten bis *London Liverpool*. Dort war auf einem schmalen Bahnsteig sofort ein fürchterliches Gedränge. Aber ich traf gleich Inge – sie war reizend. Ich weiß nicht, wessen Wiedersehensfreude größer war, ihre oder meine. Wir holten den Koffer und fuhren mit der U-Bahn bis zum *Sloane Square*, ganz nah von hier.

Hier empfing uns Miss *Hirsch*, eine Deutsche, die erst ein Vierteljahr hier ist, sehr, sehr nett. Leider war ein Missverständnis eingetreten. Miss Hirsch rechnete erst zum 21.6. mit meiner Ankunft, aber zum Glück hatte Inge vorher angerufen. So bekam ich ein Quartier, allerdings aber auf einem Sofa. Ob ich mich verdruckt oder Miss Hirsch sich verlesen, müssen wir noch feststellen. –

Zuerst erhielt ich noch Tee und – beneidet mich! – einen Apfel und eine Banane. Schon gestern Abend traf ich eine ganze Gesellschaft und machte mehrere Bekanntschaften.

In der Nacht schlief ich tadellos. Heute Morgen war Gong-Wecken um 8 Uhr, aber ich war schon um halb sieben auf. Um halb neun war Frühstück: Tee, ein Ei, Weißbrot und etwas ganz Komisches, ganz krasse, dünne Art Flocken, die mit Zucker sehr gut schmeckten. Eben gibt Pastor *Frank*[14] hier Taufunterricht und nachher um 11 Uhr werde ich ihm vorgestellt. –

Im Zuge Harwich-London saßen noch zwei junge Deutsche, ein sehr sympathischer junger Holländer und ein australischer Oxford-Student mit mir in einem Abteil zusammen und wir haben uns Englisch unterhalten. Es ging besser, als ich erwartet hatte. Manchmal machte der Holländer, der etwas Deutsch und fließend Englisch konnte, Dolmetscherdienste, aber das andere konnte man alles umschreiben.

Fortsetzung halb acht abends. Leider musste ich unterbrechen, Pastor Frank und Inge waren da und wir haben uns unterhalten. P. F. war sehr nett und das Ergebnis ist, dass ich im Herbst hier auf eine Schule komme; bis dahin sind noch Ferien. In der Zwischenzeit werde ich englische Stunden haben und wahrscheinlich auch Griechisch lernen.

Heute war ich den ganzen Nachmittag bei Inge in ihrem fabelhaften College. Sie wird mir, trotz Examen usw., zwei englische Stunden die Woche geben. Die erste war heute und Inge war sehr zufrieden mit meinem Englisch. Vollkommen genug, um mich zu verständigen. Jetzt muss ich nur noch Vokabeln und ein bisschen Grammatik lernen und vor allem üben, üben und nochmals üben. Möglichst viel sprechen, dann wird es nicht lange dauern.

Miss *Jebb* war nicht zu Hause, das heißt nicht im College, hatte aber für Inge einen Brief dagelassen mit der Erlaub-

---

14 Arnold Frank (1859-1965), vgl. Unsichtbare Kirche (wie Anm. 3), Anm. 414.

nis, ihr Zimmer zu benutzen. Dort saßen wir dann zuerst, sprachen Englisch und dann zeigte Inge mir den zugehörigen Park, mit wundervollen Rosenbeeten und wir ruderten auf einem kleinen Teich mitten im Park, always speaking English. Um 16 Uhr hatten wir in Miss Jebb's Zimmer »tea« mit Kuchen, eine Ausnahme, das ganze College weiß nämlich, dass ich komme. Ich habe da schon viele Bekanntschaften gemacht, mehrere Lehrerinnen und Freundinnen von Inge. Zwei Inderinnen, eine Ägypterin und eine Südafrikanerin habe ich dort gesehen. – Nach dem Tee gingen wir in die Tischlerwerkstatt, wo ich Inge bei ihrem Bücherbrett, das ihr vom ganzen Examen die meisten Schwierigkeiten macht, half und zusah.

Zu morgen haben wir die Einladung einer Freundin von Inge, die ich auch heute schon kennen lernte. Sie wohnt 50 km von London und fährt uns mit ihrem Wagen heraus. Von den Entfernungen hier könnt Ihr Euch gar keine Begriffe machen. Ich wohne zum Glück ganz nah von Inge, »nur« eine halbe Stunde mit 2-stöckigem Bus und U-Bahn. Meine Adresse ist: Mr H. H. Gurland, *London* SW3, 19, *Draycott Place*. Das sei genug für heute. Ihr seht, dass es mir tadellos geht und braucht Euch nicht zu sorgen.

Wie danke ich Gott, dass alles so gekommen ist! Aber neben dem Lob und Dank bete ich vor allem um Kraft für uns alle, den Trennungsschmerz zu überwinden. Besonders für Dich, mein liebes, liebes Mammchen, wo es Dir doch besonders schwer ist. Überall bin ich in Gottes Hand und Er hat mich zu so vielen reizenden Menschen geschickt, dass ich gar nicht genug danken kann. Aber Dank verpflichtet und ich will mir wirklich ernstlich Mühe geben, um mit Gottes Hilfe mein Leben für mich und andere so reich wie möglich zu machen. Wir wollen gemeinsam zu Gott um Kraft, Ausdauer und Geduld beten.

Und nun, Ihr Lieben, seid vieltausendmal umarmt, gegrüßt und geküsst von Eurem Hans Heinrich.

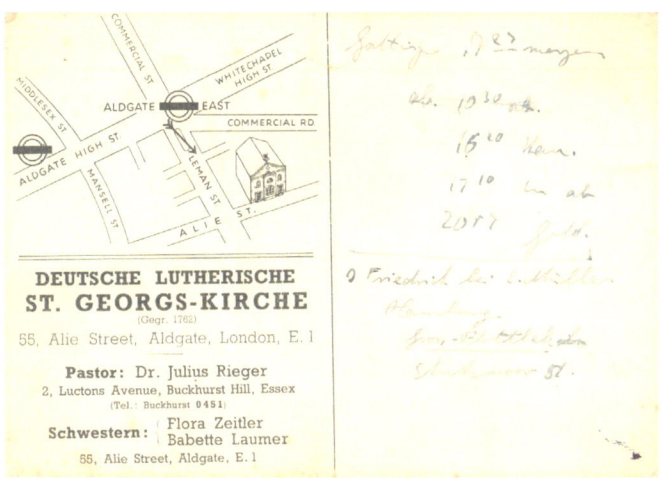

DEUTSCHE LUTHERISCHE
ST. GEORGS-KIRCHE
(Gegr. 1762)
55, Alie Street, Aldgate, London, E. 1

Pastor: Dr. Julius Rieger
2, Luctons Avenue, Buckhurst Hill, Essex
(Tel.: Buckhurst 0451)

Schwestern: Flora Zeitler
Babette Laumer
55, Alie Street, Aldgate, E. 1

21.6.1939

Ihr Lieben zu Hause!

Heute regnet es und da nehme ich die Gelegenheit wahr, Euch wieder von mir zu erzählen. – Am Sonntag hatte ich, wie Ihr wisst, mit Inge eine Einladung aufs Land. Wir fuhren vormittags erst zu Mrs. *Pennell* und blieben dort bis kurz vor 7 Uhr. Sie hat einen »garden«, einen Gemüsegarten. Alles hier war typisch englisch. An den Garten schloss sich ein tadellos gewalzter Tennisplatz an, im Hause war in den einzelnen Zimmern die Gruppierung der Möbel so, dass sie im Halbkreis um den Kamin herumstanden. Beim Mittagessen gab es drei Gänge, der dritte ist in England immer Kaffee oder Tee mit Kuchen, Keks oder Sandwichs. Diese Sandwichs sind kleine Weißbrotschnitten, von denen die Rinde abgeschnitten

25

ist. Hier waren sie belegt mit frischen Gurken aus dem Treibhaus und Butter. Es ist englische Sitte, dass der Mann das Geschirr wegstellt, wenn kein Dienstmädchen da ist.

Nach dem Essen gingen wir in den »music-room« (Inge und ich). Inge musste sich vorbereiten für Montag und ich habe Klavier gespielt und gelesen. Mrs. Pennell hatte viel mehr deutsche Noten als englische und mancherlei Stücke, die ich schon kannte. Auch ein deutsches Volksliederbuch war darunter. Ein reizender kleiner Hund ist in dem Haus, Jacky, der Inge wie toll vor Freude begrüßte.

Zum »tea« waren zwei alte englische Frauchen eingeladen, die »plumes« (Pflaumen): Der Name war schon sehr bezeichnend. Ich habe nie etwas Hässlicheres gesehen. Die eine hatte einen dicken schwarzen Schnurrbart (!!), nicht nur auf der Oberlippe, sondern auch unter dem Mund. Nach dem Tee gingen sie aber gleich wieder weg und ich machte mit Inge einen Spaziergang ins Dorf, um die Kirche und den Pfarrgarten zu sehen. Die Kirche war sehr alt und hatte Zinnen auf den Dächern. Das Innere mutete einen fast katholisch an, aber es war eine Kirche der Church of England. Das ist wieder etwas anderes als die »High Church«, auch protestantisch. Durch alle diese englischen Kirchen, Sekten, Gemeinschaften und Vereinigungen hindurch zu finden muss sehr schwer sein.

Der Pfarrgarten steht wegen seiner Schönheit dem Publikum offen. Wir würden so etwas einen Park nennen. Der Gemüsegarten war durch eine Mauer von dem anderen getrennt. Ein großer, wundervoller Rasen war in der Mitte des Gartens und Blumen überall an den Seiten. Die Grenze bildete ein Fluss. Für diesen riesigen Garten war natürlich ein Gärtner angestellt. Auf dem Rückweg begann es zu regnen. Nachher bat mich Mrs. Pennell, einen Korb voll Spinat zu pflücken.

Zum »supper« holte uns Inges Freundin in ihrem Wagen

ab und ich sah noch ein zweites typisch englisches Haus. Hier lebten große Tierliebhaber. Hinter dem Haus war ein übermannsgroßer Vogelkäfig mit zwei Wellensittichen, die in einer Art Starenkasten zwei entzückende Junge hatten. – Auch hier wunderten sich die Leute, wie verhältnismäßig gut ich englisch sprechen könnte.

Am Montag war ich beim *Aliens Registration Office*, der englischen Polizeibehörde, bei der ich mich anmelden musste. Zwar hatte ich eineinhalb Stunden zu warten, aber die Beamten waren sehr nett und höflich. Nachher machte ich noch einen Spaziergang durch die großen Geschäftsstraßen Londons, Strand und *Victoria Embankment*. Ich sah die Themse von der *Waterloo Bridge*, habe die »bobbies« angeredet und nach dem Weg gefragt, es klappt alles tadellos. Es ist ganz ungeheuer interessant, durch diese Riesenstadt und diesen Riesenverkehr sich hindurch zu winden. Dabei ist es nicht gefährlicher als in Braunschweig, denn der Verkehr ist tadellos organisiert.

Außerdem sind die Fahrer rücksichtsvoll (ein auffallender Gegensatz zu uns!). Das einzige Ungewohnte ist der linksseitige Verkehr. Der ist gefährlich für den Fremden, weil die Autos immer auf der Straßenseite ankommen, auf der man sie nicht erwartet.

Am Mittag erlebte ich eine Luftschutzübung, die ganz anders verlief als bei uns in Deutschland. Hier wurden die Straßen nicht geräumt, sondern alles kam auf die Straße um zuzusehen. Die Luftschutzkeller waren durch weiße Striche auf den Plätzen markiert! Krankenwagen, Feuerwehren, Polizisten usw. fuhren vorbei, ein paar Bomber erschienen über der Stadt, man hörte das Bellen der Flakgeschütze – und dann war's vorbei.

Gestern machte ich einen Spaziergang durch den *Hyde Park*. Es ist schon fabelhaft: Eben war man noch mitten im tosenden

Verkehr und Leben der größten Stadt der Welt, plötzlich ist man wie irgendwo auf dem Lande. Weite Wiesen mit Schafherden, vereinzelte Baumgruppen, ein See mit unendlich vielen Enten und allen möglichen anderen Wassertieren – das macht auf einen Fremden schon einen großen Eindruck. Auf einer Wiese übte englische Flak, aber man merkte, dass es keine deutschen Unteroffiziere waren, die da drillten. Die Stahlhelme lagen irgendwo im Gras und man trug die leichteren Feldmützen.

Auf der anderen Seite des *Hyde Park* dauerte es mehrere Minuten, bis ich auf die andere Seite der riesigen Oxford Street gelangt war. Ich musste mich dort fotografieren lassen, weil das eben erwähnte *Aliens Registration Office* zwei Bilder von mir brauchte. Vier Passbilder kosteten 10 d = 50 Rpf.

Dann machte ich mich auf den Weg zum deutschen Konsulat und sah wieder riesige Verkehrsadern Londons, *Oxford Street* und *Regents Street*. Der Konsul schickte mich weg zur Deutschen Botschaft und ich musste noch mal stundenlang laufen. Aber dafür habe ich die Wache von weitem gesehen in roten Uniformröcken mit weißem Lederwerk und weißem Helmbusch. Außerdem sah ich den *Buckingham Palace*, den Wohnsitz des Königs, der Donnerstag aus Amerika zurückkommt. Bei der Deutschen Botschaft wurde ich in die Wehrstammrollen aufgenommen und damit sind erst einmal die wichtigsten amtlichen Gänge erledigt …

Auf einer der Hauptstraßen sah ich einen riesigen Autoladen der »*Mercedes-Werke mit Hansa*«-Vertretung. Auch einen »*Wanderer*« habe ich hier schon gesehen. – – Jetzt habe ich ein richtiges Bett und schlafe im Herrenzimmer mit anderen zusammen. Gestern Morgen hatte ich einen peinlichen Zwischenfall mit einem Herrn Prof. *Meier* aus Wien. Ich wusste noch nicht, dass die Zeiteinteilung beim Waschen ganz genau geregelt war und kam zur falschen Zeit diesem Herrn ins Gehege. Ich entschuldigte mich vielmals, aber er war doch recht böse.

Unsere Verpflegung ist ganz tadellos. Wir kriegen jeden Morgen ein Ei und auch sonst sehr gut und reichlich. Meine Zukunft ist noch nicht ganz bestimmt ... Vielleicht komme ich in der Schul- bzw. Studienzeit in eine englische Familie, weil ich dort mehr Muße zum Lernen habe als hier und besser englisch lerne als hier, wo sehr viel Deutsch gesprochen wird. Aber das ist alles noch ganz ungewiss.

Inge habe ich seit Sonntag nicht mehr gesehen. Gestern Abend, als ich mit einem anderen Herrn spazieren ging, rief sie an und sagte, dass sie wegen des Examens vor Donnerstag nicht komme könne. Sie kann auch nicht schreiben und ich soll sehr herzlich grüßen. Eben erhielt ich den Brief, vielen, vielen Dank.

Heute Nachmittag ist Bibelstunde, Pastor *Frank*.

Schickt mir bitte die Adresse von Omama[15] und Tante Atta[16] und grüßt Herrn Pastor *Schulze*[17], dankt ihm für seinen Brief – ich werde ihm noch schreiben – und alle Bekannten in Meine, Martinsbüttel usw. Ist etwas bekannt über den Nachfolger?

Mit herzlichen Grüßen und Küssen in herzlicher Liebe Euer Heini

---

15 Mathilde von Rieder, geb. von Magnus (1852-1943).
16 Sophie Gurland, geb. Rinne (1885-1966), erste Ehefrau Ernst Gurlands.
17 Pastor Johannes Schulze in Wienhausen bei Celle.

Liebster Papa!

Soeben sprach ich mit Dr. *Konrad Hoffmann*[18], New York, der augenblicklich in London ist und heute Abend nach Deutschland fährt. Gestern Abend hörte ich es erst. Am Sonnabend, d. 24.6.39 ist er in Hannover: *Hospiz Evang. Vereinshaus*, Prinzenstr. 12. Am besten triffst DU ihn dort nachmittags. Versuch auf alle Fälle, ihn zu sprechen. Ich glaube, es ist wertvoller, als ein meeting mit Dr. Frank.

Ich bin sehr froh, dass ich jetzt selbst etwas für Dich tun kann. Wir alle hoffen sehr, dass es Dir auch gelingen wird.

1000 Grüße und Küsse an Euch alle, Euer Heini.

(Abschrift der Visitenkarte: Conrad Hoffmann

The International	156 Fifth Ave.,
Council's Committee on	New York City
the Christian Approach	2 Eaton Gate,
to the Jews	London S W 1.

26.6.1939

Liebe Eltern und liebe Geschwister!

Ihr sitzt eben wohl gerade bei Mittag und denkt vielleicht eben an mich und ich denke an Euch. So sind wir trotz der räumlichen Entfernung doch immer beieinander und wollen uns das einen Trost sein lassen, wenn einmal die Sehnsucht zu groß wird.

Ich bin erst zehn Tage hier und doch kommt es mir wer weiß

---

18 Dr. Conrad Hoffmann, amerikanischer Pfarrer, Sekretär des Internationalen Missionsrates, Direktor des »Judenkomitees«.

wie lange vor. So unendlich viele neue Eindrücke stürmen hier auf mich ein. Hoffentlich ist die Karte von Donnerstag noch früh genug angekommen und hat ihren Zweck erreicht.

Am Donnerstagnachmittag hatte ich das bisher wohl größte Erlebnis in England, den Empfang der Königsfamilie. Zwei Stunden musste ich warten und erlebte, wie die Menge immer dichter wurde und als der König dann kam, wurde er jubelnd begrüßt. Leider hatte ich ihn bei der Ankunft nicht sehen können, da ich zu weit rechts stand. Aber nach dem Einzug blieb die Menge stehen und rief immer wieder: »We want the King and Queen«, und dann erschien das Königspaar mit den beiden Prinzessinnen auf dem Balkon und wieder flogen die Arme in die Höhe und man winkte und rief ihnen stürmisch zu. Es war schon erhebend.

Am Freitagvormittag rief das englische Polizeiamt an, an das ich zwei Fotos hatte einschicken müssen, und sagte, es könne die automatischen Bilder nicht brauchen und ich sollte »ordinary ones«, richtige Bilder, schicken. Da musste ich mich ein zweites Mal fotografieren lassen. Diesmal drei Bilder für 2 sh (= ca. 1,20 RM). – Außerdem habe ich am Freitag an F. (Finestone, Canada) geschrieben. Der Brief dorthin ist billiger als der an Euch.

Hier kann ich mich durch Abtrocknen, Holzspalten und Kohleholen nützlich machen. Das Mädchen hatte wegen ihrer langen Finger das Memorial House verlassen müssen und so ist Miss Hirsch eben ganz allein, das heißt die anderen Frauen helfen ihr in der Küche. Freitag hatte ich zum ersten Mal meine Strümpfe (zwei Paar) gewaschen und gestopft. Es ging ganz gut. – Inge hatte ich die ganze Woche über nicht gesehen; sie hatte Examen und war daher ungeheuer beschäftigt. Zweimal hatte sie versucht, mich telefonisch zu erreichen und beide Male war ich nicht zu Hause. Einmal beim Königsempfang und ein zweites mal hatte mich ein englischer Kasernenhof in seinen Bann geschlagen. Ich sah dort die englischen Rekruten exerzieren – sehr, sehr anders als in Deutschland. Sie waren zum Beispiel alle noch in Zivil und übten in Mantel und Hut.

Aber Sonntagmorgen erreichte Inge mich und wir verabredeten uns zum Nachmittag. Inges Heim liegt direkt neben einem der größten und reichsten Klubs Londons, dem *Roehampton Club*, und es besteht eine Verabredung, dass die Mitglieder des Klubs im Winter auf dem Teich des *Froebel Instituts* Schlittschuh laufen dürfen. Dafür dürfen die Mädchen mit ihrem Besuch umsonst den Tennis-, Golf- und vor allem Polospielen zusehen. So sah ich gestern zum ersten Mal Polospielen. Fabelhaft interessant, viel interessanter als Fußball oder irgendetwas anderes. Da hätten Axel und Lisalenchen dabei sein sollen. Die beiden Mannschaften sind zu Pferde und jeder hat einen langen Holzhammer, ähnlich wie die Krockethämmer, nur ist der Stiel viel länger und biegsam. Mit diesem Hammer müssen sie eine Kugel in des Gegners Tor bringen. Und es ist wirklich fabelhaft, wie die Reiter ihre Tiere beherrschen und wie sie diese kleine Kugel im vollsten Galopp treffen können.

Hurrah! Mein Gepäck ist da, eben angekommen. Das Zollamt in London hat mir keine Nachricht gegeben, sondern die Verschlüsse aufgebrochen, aber recht gut wieder eingepackt. Ich habe eben eine Kommode mit drei Fächern. Eines davon ist jetzt ganz voll mit Büchern. Außerdem ist da ein gemeinsamer Kleiderschrank, in dem ich Anzüge und den Wintermantel aushängen kann. – Im Tagesraum sind ein Klavier und ein Harmonium und daher bin ich am frohsten über die Noten. Ich musste noch 2s 6d (ca. 2,50 RM) zahlen für Zoll und Transport.

Dann hat mir Inge Sonnabend noch eine englische Stunde gegeben und heute Vormittag habe ich tüchtig gearbeitet. Gestern Vormittag war ich in einer deutschen Kirche und hörte einen sehr feinen Gottesdienst von Herrn P. *Rieger*[19]. Am Nachmittag erlebte ich mit Inge im *Regentspark* einen typisch englischen Sonntag. Der Park wimmelte nur so von Menschen und auf den riesigen Rasenplätzen, die jedermann betreten darf, wurde überall Kricket, das englische Nationalspiel, gespielt. Einmal sah ich eine Negermannschaft gegen eine weiße spielen. Es ist doch ein recht merkwürdiges Gefühl, wenn man zum ersten Mal schwarze Menschen in elegantem Dress mit weißem Kragen etc. sieht; man denkt, der Kragen und das Taschentuch müssten schwarz werden, aber sie werden es nicht, jedenfalls nicht durch die Hautfarbe.

Im Zentrum des Parks war ein wundervoller Rosengarten und darin durch einen kleinen Fluss getrennt ein entzückender Steingarten. Dann sahen wir noch den Trafalgar Square mit der berühmten Nelson-Säule. Wir gingen in die Kirche *St. Martin's in the Field* und ich erlebte den ersten englischen Abendgottesdienst. Ich kann durchaus nicht sagen, dass er mich abgestoßen hätte. Aber es war auch nicht so viel Liturgie und Zeremonie wie im Morgengottesdienst.

Zu Mittwoch haben Inge und ich eine (Frei?)-Karte für ein Klavierkonzert. Ich freue mich mächtig. Hier kann ich ja auch spielen und auf dem Klavier liegt ein geistliches Liederbuch mit 1200 Liedern. Sie sind sehr anders als unsere, aber zum Teil sehr schön. Einige sind sehr eintönig, andere sind in »march movement«, Marschtempo, und könnten ebenso gut ein Militärmarsch sein.

Ihr habt sicher viel über das Bombenattentat in Westlondon

---

19 Dr. Julius Rieger (1901-1984), damals an der dt. luth. St. Georgskirche London.

gelesen. Bitte macht Euch keine Angst. London ist so riesengroß und ich lebe in einer so ruhigen Gegend, dass Ihr für mich nicht zu fürchten braucht. Außerdem sind die Attentate immer nachts und da liege ich im Bett und schlafe.

Im Hyde Park sah ich auch zum ersten Mal die berühmten »Speakers« (= Redner). Diese uneingeschränkte Redefreiheit wird hier sehr ausgenutzt. Da standen so acht bis zehn Rednerpulte oder besser -stühle, auf denen die Leute standen und ihre Weisheit zum Besten gaben. Die einen hatten einen großen, die anderen einen kleinen Kreis von Zuhörern. Einer sprach über Deutschland; ein anderer über englische Innenpolitik oder über die Lage in *Tientsin*, einer hielt eine Art Predigt, mit Diskussion etc. Die Engländer lieben das und hören es sich an und diskutieren da. Uns kommt es ein bisschen komisch vor. Überhaupt ist es noch vieles, an das ich mich gewöhnen muss. Aber es geht mir sonst sehr gut.

Mit dem Monatsspruch des April d. J. (Matth. 28,20) grüßt und küsst Euch alle in herzlicher Liebe Euer Heini.

PS. Inge lässt vielmals grüßen, ist sehr beschäftigt. H. Anbei 2 x 12 Rpf-Marken. H.

3.7.1939

Ihr Lieben zu Hause!

Euer lieber Brief war mir eine sehr, sehr große Freude. Ich hatte schon darauf gewartet! Wie sehr habe ich mich gefreut, dass bei Euch alles gut geht. Genießt nur recht Euren Garten – mir fehlt er jetzt doch manchmal. Baden die Kleinen recht viel? Ich hatte bisher noch keine Gelegenheit. Es würde mich wirklich sehr freuen, wenn Lisalenchen wieder Klavier spielt. Jetzt könnte ich es gar nicht missen. Fast jeden Abend

34

muss ich vorspielen, singen wir Volkslieder und Choräle – es ist wirklich sehr schön. Und glaub mir, Lisalenchen, ich habe selbst diesen Tiefpunkt gehabt, mindestens genauso wie Du, und hatte auch aufgehört, habe dann doch wieder angefangen, zum Glück.

Um Papas Frage zu beantworten kann ich nur sagen, dass fast keine Unterschiede in der Kleidung bestehen. Man sieht sehr wenig Knickerbocker, aber sonst ist es doch ziemlich dasselbe. Ich habe mich bei dem Konzert gewundert, habe erwartet, alles wäre im Smoking – der hier noch getragen wird – aber es waren nur ganz wenige, die ihn trugen. Mehrere trugen helle Anzüge, zum Teil ohne Weste oder Pullover, und in den Umgangsformen ist der Engländer auch sehr viel großzügiger als wir. – Der Ertrag des Konzerts war für arme Gemeinden in Kanada bestimmt. Zwischen zwei Stücken sprach einmal ein Pastor von der dortigen Not – mit einer Hand in der Hosentasche! Und das ist wirklich gar keine Ausnahme. – Das Konzert selbst war wundervoll. Unter anderem wurde die so genannte Kreuzersonate von *Beethoven* gespielt und am Schluss das berühmte Prelude von *Rachmaninoff* – fabelhaft! Inge ist mit der Pianistin sehr befreundet und hat mich nachher auch vorgestellt. Es waren übrigens sehr viele Deutsche da.

Am Dienstag hatte ich mein erstes englisches Telefongespräch. Ich wollte Inge erreichen, sie war aber nicht da und ich gab eine englische »message«, Botschaft, für sie auf. Am Dienstagnachmittag waren wir bei H. Pastor *Peltz*[20]. Ich bekam ein engl. Pfund (= 12 RM) Taschengeld – ich weiß nicht für wie lange. Die Sache mit der Schulausbildung haben wir

---

20 Pastor Peltz war Geschäftsführer der »International Hebrew Christian Alliance« im *Memorial House*.

an Herrn Pastor Rieger an der deutschen St. Georgskirche weitergegeben. Es ist noch nichts bestimmt.

Fortsetzung 4.7. halb 3 Uhr

Pastor Pelz schlug vor, ich sollte versuchen, Griechisch allein zu lernen. Daher waren wir am Dienstagnachmittag in einer der größten Buchhandlungen Londons (Inge und ich), haben aber nichts bekommen können. Die Buchhandlungen hier sind sehr vertrauensselig. Man geht so lange man will durch die langen Bücherborde und kann sich aussuchen, was man will.

Am Mittwoch waren wir bei Herrn P. Rieger und hofften, für mich einen Ferienlehrer für Griechisch zu finden. Ich werde ihn morgen wieder aufsuchen. – Am Donnerstag habe ich zusammen mit einem anderen eingekauft. Es war riesig interessant, dieses große Lebensmittelgeschäft zu sehen, in dem man fast alle Lebensmittel haben konnte. – Freitagnachmittag haben wir 8.000 – 10.000 Zeitschriften der Allianz verpackt, eine Riesenarbeit, aber wenn acht bis zehn Menschen dabei sind, geht es doch recht schnell.

Sonnabendabend hatten wir ein »prayer meeting«, eine Gebetsstunde im kleinen Kreis, die sehr, sehr schön war. Nachher war ich mit einem anderen Jungen, der etwas jünger ist als ich, im *Hyde Park*. Es war sehr interessant. Überall standen »speakers« (= Redner) … Die meisten hatten ein religiöses Thema, es gab aber auch einige mit politischen oder anderen Themen. Andere standen in Gruppen und sangen geistliche Lieder und die Leute stellten sich dazu und sangen mit, solange es ihnen Spaß machte. Neulich Nachmittag sah ich ein leeres Pult und daneben standen vier Männer und beteten!! An den Parkeingängen – genau wie die Pharisäer zu Jesu

Zeiten. Dann sangen sie ein Lied, beteten nochmals und dann fing einer an zu reden. Dadurch haben es diese »speakers« bei mir verdorben, denn Jesus sagte: Wenn du betest, dann gehe in dein Kämmerlein. Außerdem bin ich mehrfach gewarnt, diese Leute täten es nur darum, weil sie von einer Mission dafür bezahlt würden. Ob das stimmt, weiß ich nicht, aber das mit dem Gebet hat mich direkt abgestoßen.

Am Sonntagvormittag war ich mit Inge in einer englischen Kirche, hörte einen wundervollen Knabenchor und konnte auch den Sinn der Predigt verstehen. Am Nachmittag war eine große Parade der »National Service«, Dienst an der Nation, eine Organisation, die in der Hauptsache Luftschutz und Sanitätswesen umfasst. Aber auch von der »Territorial army«, Landarmee, marschierten mehrere Einheiten vorbei. Die Königsfamilie war anwesend und ich habe den König zum zweiten Mal gesehen, allerdings nur im Spiegel. Es war ein solches Gedränge, dass man kaum etwas sehen konnte. Sehr komisch wirkten Zivilisten mit Stahlhelm, Mitglieder des national service.

Auch hier riesige Ballonsperren schwebten über der Stadt und nachher hatte ich Gelegenheit, einen der riesigen Ballons auf der Erde zu sehen und zu beobachten, wie das Gas abgelassen und der Ballon zusammengelegt wurde.

Am Sonnabend kam hier eine Familie Schadowsky an, die beiden Eltern mit zwei Kindern, ein elfjähriges Mädchen und ein dreizehnjähriger Junge. Der Vater stammt aus Riga, kam aber schon vor dem Krieg nach Deutschland und spricht ganz sächsisch. Die Kinder – und wohl auch die Eltern – langweilen sich hier entsetzlich. Pastor H. (Hildebrandt?) hat schon Recht, wenn er vor London warnt. Ich hatte es auch schon vorher zu Inge gesagt, dass Ihr im Falle des Falls nicht erst nach London sollt. Für mich selbst ist es nicht so schlimm, ich kann lernen, schreiben, spazieren gehen, Klavier spielen und mich im Haus nützlich machen. Mein Tag geht schon schnell genug hin. Aber für eine so zahlreiche Familie ist es in dieser Enge nichts.

Auch hier verfolgen wir mit ungeheurer Spannung die politischen Ereignisse. Möge <u>Gott</u> die Welt vor einem Krieg bewahren, für Menschen scheint es schon fast unmöglich. Und es würde wirklich für die ganze Welt furchtbar sein. Furchtbar! Für die ganze Welt und den einzelnen würde er schwere und schwerste Probleme mit sich bringen.

Jetzt will ich mit Alexander Sch. in den *Hyde Park* gehen, Euch habe ich das Wichtigste alles erzählt.

Seid herzlich gegrüßt und in tiefer Liebe umarmt von Eurem Heini.

London, d. 10.7.1939

Ihr Lieben zu Hause!

Jetzt werdet Ihr wohl schon wieder auf einen Brief warten; es ist auch ganz merkwürdig: Obwohl ich eigentlich nichts zu tun habe, bin ich doch fast immer beschäftigt, sogar so beschäftigt, dass ich nicht einmal so viel Englisch treibe, wie ich wohl sollte und möchte. Jetzt kann ich schon ein bisschen die Neuangekommenen herumführen, manchmal schon den Dolmetscher spielen und ähnliches mehr.

Aber ehe ich wieder die Erlebnisse meiner letzten Woche erzähle, will ich Euch noch danken für das, was Ihr mir in den letzten Tagen meines Zu-Hause-Seins noch gegeben habt. Immer wieder denke ich an die Aussprache mit Papa im Grünen Zimmer. Bis auf den heutigen Tag haben sie und unser vereinigtes Gebet geholfen und ich hoffe und glaube, dass es auch noch weiter helfen wird. Das Zweite, Mammchen, hattest Du mir geraten; Menschen, mit denen man sich aussprechen kann. Ich habe mich hier mit mancherlei Problemen und Konflikten auseinander zu setzen und trug an einem besonders schwer. Das sah mir Frl. Hirsch wohl an und nahm mich beiseite und dann habe ich mich richtig aussprechen können und auch volles Verständnis gefunden. Das ist hier sehr bemerkenswert, denn neulich hatte ich eine Diskussion mit zwei jungen Leuten und habe da überhaupt kein Verständnis gefunden und ein großes Verschiedensein gemerkt, obwohl der eine ein guter und tiefer Christ war und ich mich mit ihm durchaus gut stehe – aber er ist Pole und kein Deutscher und darum konnte und kann er mich auch in diesem einen Punkte gar nicht verstehen.

Aber ich habe ja noch eine Aussprache mit Herrn P. *Rieger*, Deutscher, Arier, Bekenntnispfarrer usw. Er hat schon meine Schulsachen übernommen und ist reizend. In den Schulsachen ist noch nichts festgelegt worden. Wahrscheinlich komme ich auf ein Internat. Außerdem habe ich »last not least«, nicht zuletzt, noch Inge da, die ich jetzt öfter sehe und bin daher, wie Ihr seht, wirklich nicht allein.

Neulich traf ich bei Herrn P. Rieger Pastor *Freudenberg*[21] und er erzählte, dass jetzt nicht mehr jeder Pastor in Deiner Lage, Papa, einfach auswandern darf, sondern erst muss die Kirche auf alle möglich Art und Weise versuchen, für den Betreffenden eine Arbeitsmöglichkeit irgendeiner Art zu suchen. Erst wenn alle Möglichkeiten ausgeschöpft sind, muss die Kirche es schriftlich geben, dass für den Betreffenden keine Arbeitsmöglichkeit da ist und auf dieses Schriftstück hin wird dann von den entsprechenden Stellen

---

21 Adolf Freudenberg (1894-1977), zunächst Diplomat, dann Pfarrer der Bekennenden Kirche. Leiter des Flüchtlingsdienstes des Ökumenischen Rates in Genf.

in Deutschland und England die Auswanderung in Angriff genommen.

Ich nehme an, dass Dir dieses schon bekannt ist und rate Dir, falls Du es noch nicht getan hast, mit Bezugnahme auf diese Verfügung, die von der Kirche ausgegangen ist, Dich nochmals an die Kirchenbehörde zu wenden. Bitte lass Inge und mich von allen Schritten wissen, die Du in Sachen Amerika, Grüber usw. usw. tust. Einmal interessiert es uns natürlich sehr und zweitens fragt Pastor Freudenberg dauernd nach Dir.

Hier habe ich die Bekanntschaft eines Dr. *Ruhemann* gemacht, der mich sehr gern hat, in die Stadt mitnimmt, mir den *YMCA* (= *CVJM*) zeigt, aber leider in großer Opposition zum *Memorial House*, besonders zu Frl. Hirsch, steht. Ich weiß noch nicht ganz, wes Geistes Kind er ist. Nun, der hat mich neulich gebeten, einen Freund von ihm von der Bahn abzuholen, weil er selbst verhindert war. Es war abends und ich fuhr hin. Der Zug hatte eine halbe Stunde Verspätung und dann kam der Freund gar nicht an. Bis 11 Uhr suchte ich ihn vergeblich und fuhr dann nach Hause. Zum Glück war Frl. Hirsch aufgeblieben und hatte sich richtig um mich geängstigt. Ich weiß zwar nicht genug, warum, aber das zeigt, wie sehr sie hier für mich sorgen. Ich soll übrigens Frl. Hirsch sehr herzlich empfehlen.

Mrs. Pennell ist in die Ferien gefahren und hat Inge angeboten, für eine Woche dorthin zu kommen und mit mir dort zu leben. Das wäre wirklich sehr schön, wenn ich einmal wieder aufs Land käme, denn trotz der Parks vermisst man manchmal doch sehr die Freiheit, die ich immer gewohnt war. Gestern war ich mit Frl. Hirsch im College und wir haben es alle drei sehr genossen. Nachher habe ich noch eine Stunde Inge auf dem kleinen Teich herumgerudert. Es war sehr, sehr schön.

Nun habe ich noch eine Bitte: Schickt mir doch den »*Kleinen Heye*«, den Sprachkurs, mit Schäfers Bilderkatechismus als Drucksache zu. Das geht ohne weiteres. Hier kommen dauernd Bücherpäckchen an. Besonders würde ich mich freuen über einen Gruß von Axel oder Lisalenchen. (Was macht das Klavierspielen?)

Nun seid vieltausendmal gegrüßt und geküsst von Eurem Heini

19.7.1939

Ihr Lieben, Lieben zu Hause!

Vielen Dank für Eure Briefe … Leider war die Skizze der Wohnungseinrichtung (in Hermannsburg) nicht beigelegt. Ich habe mich aber sehr über die Nachrichten von zu Hause gefreut. Wie steht die Gemeinde zu den einzelnen Kandidaten (der Nachfolge) und wie Herr *v. Schwartz* (der Patron)[22]? Ich habe Sonntag oft an Meine denken müssen. Aber nicht nur Sonntag. Je mehr man zurückdenkt, desto schöner wird die Zeit, die ganze Zeit in Meine, trotz allem.

Frl. Hirsch merkt es wohl, wenn ich Heimweh habe; neulich nahm sie mich vor und sagte, dass es zwei Möglichkeiten gäbe, darüber hinweg zu kommen. Entweder man ist wurzellos, wie die meisten hier, dann macht es gar nichts aus, ob man in Deutschland oder England oder sonst irgendwo ist, oder aber man hat seine Wurzeln schon in einer anderen Heimat geschlagen und kommt dann so leicht über das Heimweh hinweg. Wenn ich sie recht verstanden habe, darf man dann

---

22 Karl von Schwartz (1872-1947), Patron in Meine. Vgl. *Unsichtbare Kirche* (wie Anm. 3), passim.

sogar nicht darunter leiden. Aber man kann doch seine Heimat lieben und trotzdem ein guter Christ sein.

Fortsetzung 20.7.

Ihr werdet jetzt schon auf den Brief warten, aber man hat hier kaum Gelegenheit, sich zu sammeln oder mal allein zu sein und so wurde ich immer wieder unterbrochen.

Papa, Du fragst nach der Frömmigkeit hier. Sie ist glaube ich betont unkirchlich, nur ganz wenige Ausnahmen sind da. Die meisten stammen aus Gemeinschaftskreisen und wenn es auch nicht so ist wie in Meine, so hört man doch immer wieder: Ich gehöre zu keiner Kirche, ich gehe nicht in die Kirche. Hier in London sind ja so viele Gemeinschaften und Kreise usw. usw., dass jeder bald hier sein ihm Passendes findet. Das Wort, das hier dauernd in aller Munde liegt, ist »Bekehrung«. Soweit ich es verstehe, in dem Sinn einer paulinischen Bekehrung. Und zwar verlangt man das von jedem. Ich glaube, es gibt aber auch eine andere Art, Nachfolger Christi zu werden. Hier legt man den Ton auf »von jetzt ab kehrt!«. Meiner Ansicht nach kann man auch allmählich dazu kommen. Jede Predigt, jedes Gebet, jedes Abendmahl besonders, bringt uns einen Schritt weiter oder eine Stufe höher. Natürlich gibt es auch die andere Möglichkeit, aber man darf es nicht so verallgemeinern. Außerdem liegt bei diesen Bekehrten die Gefahr des Pharisäertums sehr nahe.

Am Dienstag war hier ein Pastor *Schloß* aus der Schweiz, der dem Pastorengebetsbund angehört und Dich auch kennt und von dem ich Dich sehr herzlich grüßen soll. Er hat sehr fein mit mir gesprochen.

Am Mittwoch bekam ich einen sehr, sehr netten Brief von Finestone. Er schickte mir zwei Lesezeichen mit englischen

Bibelsprüchen und hat mich ermuntert, auch von ihm soll ich herzlich grüßen. Am Sonnabend erhielt ich Deine Karte vom Harz mit den Unterschriften der Mädchen und habe mich sehr gefreut. Die Karte war fünf Tage unterwegs, weil die Adresse recht falsch war. Aber die Post ist hier auf der Höhe. Viermal am Tag wird ausgetragen und der Briefkasten wird acht- bis zehnmal am Tag geleert.

Sonntag war ich in der deutschen Kirche und hörte Pastor Freudenberg. Am Sonnabend war ich bei Inge. Es war ganz wundervoll. Erst war ich mit ihr in einem amerikanischen Film: *Huckleberry Finn*. Ohne die Bilder hätte ich aber den Sinn nicht verstanden. Am Abend haben wir noch eine Stunde auf dem See gerudert. Es war ein wundervoller Sommerabend.

Neulich hat Inge mich zweien von ihren Vorgesetzten vorgestellt. Beide waren sehr nett. Die eine schenkte mir einen »Führer durch London« und ein kleines Buch mit vier Theaterstücken, aus denen ich viel Umgangssprache lernen kann.

Lieber Axel! Dass Dein Zeugnis ganz gut war, freut mich sehr. Willst Du es mir nicht einmal ganz genau schreiben? Es würde mich sehr interessieren. Auch von den letzten Tagen in Schule würde ich gerne hören. Was sagten denn die Lehrer und Gronau?

Und Du, Lisalenchen, auch über Dein Zeugnis würde ich mich sehr freuen. Was macht denn das Klavierspielen? Ist noch alle 14 Tage Kindergottesdienst? Genießt recht schön Euren herrlichen Garten und denkt daran, wie gut Ihr's habt gegenüber den Stadtkindern.

Liebes, liebes Mammchen! Über Deine Zeilen habe ich mich besonders gefreut und konnte sie auch ganz gut lesen … Ich habe noch keinen Griechischlehrer und werde wohl erst nach der Schule in der Universität damit anfangen. Ich werde wohl auf ein Internat kommen und hoffe stark, es in einem Jahr zu schaffen.

Das Essen ist tadellos, überwiegend deutsche Küche. Mit dem Ordnunghalten geht's ganz gut. Ich habe hier ein abschreckendes Beispiel, ein 18-jähriger Junge, der sehr unordentlich ist und mit dem zusammen ich neulich seine Sachen in Ordnung gebracht habe …

Grüßt alle in Meine, besonders Jahns und meinen anderen Monatsspruchbezieher und Gottfried! Seht Ihr ihn oft?

In herzlicher Liebe und stetem Gedenken seid alle gegrüßt und geküsst von Eurem Heini.

Much Hadham, 25.7.1939

Ihr Lieben alle zu Hause!

Eure Briefe waren mir eine große Freude. Donnerstagmorgen waren sie abgegangen und Freitagnachmittag um halb vier hatte ich sie schon. Hierher geht alles per Luftpost. Ganz besonders habe ich mich über Axels langen Brief gefreut. Jetzt wirkt er wohl gerade beim Turnfest mit.

Ich sitze hier eine Stunde von London weg in einem wunderhübschen kleinen Garten bei Mrs. Pennell. Eigentlich sollte ich erst in den ersten August tagen hier sein, aber Sonnabend erhielt ich schon die Einladung bis zum 2. August. Meine Adresse bis dahin: H. H. G., c/o Mrs. Pennell, *Oudle Cottage, Much Hadham, Herts.* –

Hier ist es ganz wundervoll. Das Dorf liegt mitten in einer englischen Landschaft, ein bisschen hügelig mit vielen Wiesen, Wald und einigen Baumgruppen. Nicht so viele Getreidefelder wie bei uns. Im Garten sind Himbeeren und

Johannisbeeren, von denen wir beliebig viel essen dürfen ...
Nebenbei ist ein Tennisplatz, auf dem Inge und ich Tennis
spielen werden. Ich bin doch recht froh, dass ich wieder mal
auf's Land kommen kann.

Vor meiner Abreise war ich noch bei Herrn Pastor Pelz, um
mir Geld zu holen. Ich habe in einem Monat ein englisches
Pfund, zwölf Reichsmark, verbraucht. Die Hälfte davon für
»fares«, Fahrgelder. Er war sehr nett, erkundigte sich, wohin
ich führe und wie lange und wünschte mir eine »nice time«,
schöne Zeit. Ich bekam wieder ein Pfund.

Leider habe ich Sonntag Herrn P. Rieger nicht sprechen
können und weiß daher nicht, ob meine Schulsachen schon
geregelt sind. Es eilt ja nicht, denn vor September fängt die
Schule doch nicht an.

In jedem Brief soll ich von Frl. Hirsch grüßen. Sie ist sehr
nett. Ich habe ihr Großvaters Buch zu lesen gegeben. Sie ist
sehr tief davon beeindruckt.

Jedes Mal, wenn ich nach der Uhr sehe, muss ich an Rolf
denken. Es war wirklich reizend von ihm. Die Uhr geht tadellos. In der Woche fünf Minuten vor. Hoffentlich tut es
ihm nicht zu leid.

Nun herzliche Grüße an Euch alle und an Tante Aga[23].

Euer Hans Heinrich

Much Hadham, 28.7.1939

Mein lieber Axel!

Zu Deinem 15. Geburtstag sende ich Dir die allerherz-
lichsten Glückwünsche. Möge Dir dieses neue Lebensjahr viel
Gutes und viele Erfolge bringen. Es ist ja mancherlei, was Dir

---

23 Agnes Landesen (1891-1968), eine Cousine des Vaters.

in diesem Jahr bevorsteht: Der Abschied von Meine, der neue Anfang in Hermannsburg, die Konfirmation und manches andere …

Hier bin ich in ein typisch englisches Haus gekommen. Es ist englische Sitte, dass der Herr am Tisch zwischen den Mahlzeiten die Gedecke abnimmt, soweit kein Serviermädchen da ist. Man geht hier früh zu Bett (zwischen halb zehn und halb elf) und steht erst spät auf. Zweimal habe ich schon mit Inge und Mrs. Pennell Tennis gespielt. Es macht sehr viel Spaß. Aber ich war so aus der Übung gekommen, dass ich einen mächtigen Muskelkater hatte. Beim zweiten Mal war es schon viel besser.

Gestern war ich mit Inge auf dem amerikanischen Konsulat. Es hatte sich nämlich herausgestellt, dass ich noch gar nicht auf der Quotennummer eingetragen bin. Nun habe ich ein Formular bekommen, das ich ausgefüllt zurückzusenden hatte. Außerdem einen sechs Seiten langen Bogen mit Vorschriften und eine Liste der einzelnen Dokumente, die ich brauche. Darunter befand sich auch die Erlaubnis des Vaters! Bitte, Papa, schick mir auf alle Fälle in doppelter Ausführung Deine Erlaubnis, dass ich nach Amerika einwandern darf! Wir alle dachten, F. hätte das in USA geregelt, aber das hätte er gar nicht tun können. Wir hätten das schon im Februar machen können. So wird die Wartezeit vielleicht noch länger als zwei Jahre werden und ich werde vielleicht mein Studium schon hier beginnen.

Nun habe ich noch eine freudige Mitteilung: Ich habe eine »hospitality«, Einladung, nach Wales bekommen und zwar in der zweiten Hälfte des August. Genaueres weiß ich noch nicht. Aber ich bekomme sie durch Pastor Rieger. Ab 2.8. ist meine Adresse wieder 19 *Draycott Place, London* SW3.

Nun wünsche ich Dir nochmals alles Gute … und seid alle vieltausendmal gegrüßt von Eurem Heini.

London, 4.8.1939

Ihr Lieben zu Hause!!

Eben bin ich aus Much Hadham hier wieder eingetroffen. Die Zeit dort war sehr schön. Mrs. Pennell ist »awfully nice«, furchtbar nett. Wir haben Tennis gespielt, ich habe Klavier geübt, englische Bücher gelesen, Spaziergänge in die englische Landschaft gemacht, Himbeeren genascht und vieles andere.

Vom 12. – 26. August ist meine Adresse: Youth Movement Camp, *BWLCHGWYN, ARTHOG*. Kein Mensch kann diesen walisischen Namen aussprechen, selbst die Engländer nicht. Dazu muss man schon aus Wales kommen.

Es wird aber sehr nett sein, wir lagern in Zelten, machen Ausflüge, Picknicks, baden, spielen Tennis, Krocket usw. – Es ist ein Ferienlager und außer den Morgen- und Abendgebeten und den Mahlzeiten ist kein Programm aufgestellt. Ich bin da als Gast und kriege auch freie Fahrt. Von dem Lagerleiter fand ich heute einen reizenden Brief vor, in dem er mich nochmals einlud, sich freute, mich kennen zu lernen usw. Im Lager sind Jungen und Mädchen. Leider sind keine Bibelarbeiten vorgesehen. Ich freue mich aber doch sehr darauf. Jetzt werde ich selbst Bekanntschaft schließen und jetzt geht so allmählich das Leben in England an.

Hoffentlich erreicht Euch der Brief noch vor Sonntag, dem Tag Eures Abschiedsfestes (6.8.1939). Ganz besonders oft weilen jetzt meine Gedanken bei Euch. Jetzt, wo Ihr Meine verlasst und damit wieder eine lange und segensreiche, aber doch auch so kurze Epoche abschließt. Eins ist mir zur ganz felsenfesten Gewissheit geworden, nämlich dass <u>alles,</u> <u>alles</u> mit Gottes Willen geschehen ist. Sonst wäre es nämlich nicht geschehen. Ich weiß wohl, dass es manchmal schwer ist, das zu glauben, aber doch ist es so. Und haben wir nicht schon in vielem die wunderbare Führung Gottes gesehen, sowohl im Privatleben als auch im Weiterleben der Gemeinde, die uns <u>doch</u> ans Herz gewachsen ist. Wir wollen nicht fragen Warum?, sondern immer uns nur sagen: Er weiß den Weg für uns (und alle anderen), <u>das ist genug.</u>

Grüßt mir alle Frauen/Freunde auf dem Abschiedsfest und genießt das Fest sehr. Ihr bleibt ja immer noch so nah beieinander. Hoffentlich habt Ihr dann besseres Wetter als wir hier: Gestern und heute regnet es fast ununterbrochen.

Im Garten wird wohl eifrig geerntet werden. Hattet Ihr auch viele Erdbeeren? Kann nicht der junge Pastor bald in das Pfarrhaus einziehen – sobald die Reparaturen fertig sind, das muss dann aber schnell gehen – und das übrige Obst entweder gegen Entgelt selbst ernten oder Euch nachschicken? Die Post eilt, Ihr sollt den Brief noch Sonntag haben.

Seid alle in herzlicher Liebe gegrüßt ...

Postkarte, L. d. 10.8.1939

Liebe, liebe Eltern und Geschwister!
Hab eben Eure Karte erhalten. Bin wahnsinnig froh,

1. dass Ihr es so schön habt, glaub ich Euch gern. Ich hoffe wirklich, dass Ihr alle eine sehr schöne Zeit in Hermannsburg verleben werdet.

1. Hab ich heute Abend P. Rieger besucht und dabei allerhand erfahren. Wie ich mich jetzt freue, könnt

Ihr gar nicht wissen. Wenn es doch erst so weit wäre! (Papas Reise nach London)

1. Reise ich morgen um 11 in das Camp. Ein Londoner Junge nimmt mich in seinem Auto mit. Man hat nur Grund, dankbar zu sein, immer wieder zu danken.

Heute kriegte ich einen kurzen Brief von *Jahn*[24], Meine. Es freut mich, dass der Abschied von Meine so schön war. Ich weiß nicht, ob Ihr wirklich Wurzeln ausreißen müsst. Ich finde es nicht nötig. Man kann doch in Verbindung bleiben.

Tausend Grüße und Gottes reichen Segen in der neuen Wohnung. Euer Heini

Bwlchgwyn, 12.8.1939

Ihr Lieben in Hermannsburg!

Noch einmal muss ich meine Freude über Papas Kommen ausdrücken. Da Ihr gar nicht darauf eingegangen seid (in Briefen usw.), nehme ich an, dass es eine Überraschung für mich sein sollte – aber dann wäre ich ja ganz um die Vorfreude gekommen. Jedenfalls ist es ganz herrlich, dass Papa kommt. Wenn Ihr doch alle kommen könntet, aber ich will nicht unbescheiden sein.

Gestern bin ich mit *John Pritchard*[25], stud. med., hierher gekommen. Wir hatten eine wundervolle Fahrt quer durch England und Wales. Die ganzen Tage vorher hatte es meistens geregnet. Gestern hatten wir nur einen kurzen Schauer und heute strahlenden Sonnenschein – bis jetzt (6 Uhr abends) wenigstens. Ich sitze hier auf einem Berg, den Block auf den Knien. Ganz rechts in einem Tal, das meinen Blicken eben

---

24 Jahn: Befreundete Familie in Meine.
25 Pritchard: Ein Teilnehmer der Freizeit, der mich abholte.

verborgen ist, liegt unser Zeltlager. Dann steigen die Berge wieder hoch an. Vor mir geradeaus windet sich ein ziemlich breites Flusstal. In der Niederung sind saftige Wiesen und Weiden. Bauern machen gerade Heu. Kühe weiden da, die meisten sind tief schwarz. Hier auf den Bergen weiden eine Menge Schafe. Mitten in den grünen Wiesen liegt malerisch ein kleiner Bahnhof, *Barmouth Junction*, von dem strahlenförmig die Eisenbahnlinien ausgehen … Links höre ich schon das Rauschen des Meeres … Wenn ich den Kopf ganz weit herumdrehe, sehe ich unendlich weit die Irische See. Ab und an höre ich den heiseren Schrei der Möwen oder das Blöken der Schafe oder es rattert mal ein Zug vorüber. Sonst ist es ganz still und wunderschön.

Wir sind wohl das größte, aber nicht das einzige Lager. Überall sieht man an den grünen Hängen der Berge Zelte, vereinzelt und in Gruppen. In unserem Lager sind wir etwa 150 Menschen, Jungen in der Minderzahl, aber noch sind nicht alle da. Das Programm ist recht reichhaltig, Diskussionen usw. Da es ein Ferienlager ist, hat jeder auch noch eine Menge Freizeit. Morgens und abends ist gemeinsames Gebet. Der Ton im Lager ist sehr nett. Natürlich alles Englisch, so dass ich hier eine gute Übung habe.

Fortsetzung Sonntag, 13.8.1939

Heute haben wir strahlenden Sonnenschein, es ist richtig heiß – echter Sommer. Nachher wollen wir an die See und baden. Das Lager ist jetzt »full up«, ein toller Betrieb. Aber sehr nett. Heute Morgen war ich in der kleinen englischen Dorfkirche beim Abendmahl. Ich weiß nicht, zu welcher Kirche diese Kirche gehört. Der Pastor sagte dieselben Worte während der

Austeilung und ich habe wahrlich keine Gewissensbedenken gehabt.

Das Schlafen im Zelt geht ganz gut. Es ist ein bisschen hart und ein bisschen eng, aber gefroren hab ich eigentlich nicht. Ich habe auch immer Trainingshose und Pullover neben mir liegen. Das Bett besteht aus einem »ground sheet«, ein gummiertes dickes Stück Zeltbahn, das die Nässe von unten völlig abhält, und einem Strohsack. Dann der Schlafsack und drei Decken, die Inge und Mrs. Pennell mir geliehen haben.

Es folgen noch die üblichen Grüße an Eltern, Geschwister und Freunde und damit endet der letzte direkte Brief nach Hause! – Nach dem Kriegsausbruch gelangten nur wenige Briefe über Verwandte in Lettland und in der Schweiz zu den Eltern, ehe die direkten Briefe aus der Internierung nach Deutschland gelangten.

Einige kurze Notizen aus dem Tagebuch zeigen die wachsende Sorge um den Frieden während dieser Freizeit:

Freitag, 18.8.:   »Squash«, Diskussionsabend: Septemberkrise?

Sonnabend, 19.8.:   Die Slowakei wird militärisches Protektorat Deutschlands. Gibt es jetzt doch Krieg? Schon wieder eine Krise.

Dienstag, 22.8.: *Prayer for peace* – Gebetsstunde für den Frieden

Mittwoch, 23.8.: Baden ohne mich. *Bonfire* = Lagerfeuer

P.S. Nach dem *bonfire* ging alles von dem kleinen Hügel ins Lager hinab zum Kakao. Aber ich konnte heute Abend nicht. Schon während der ganzen Lagerzeit hatte drohend die Kriegsgefahr ihren Schatten auf all das schöne Leben geworfen. Immer wieder bedachte und überlegte ich die furchtbare Lage, in der ich mich befand. Ich weiß nicht, wie es heute kam. Waren es vielleicht die lodernden Flammen, die heimatliche Bilder in mir weckten, vielleicht die englischen Volkslieder, immer wieder drängten sich Bilder aus der geliebten Heimat auf. Dort hatte ich Kameradschaft mit deutschen Jungs, hier mit englischen und morgen sollten die vielleicht schon Feinde sein? Welch ein Irrsinn war doch dieses Kriegsgeschrei – und wo stehe ich??

Ja, sagt eine Stimme, ist denn das überhaupt eine Frage? Ist es nicht ganz klar, dass ich, der ich ein Deutscher bin und Deutschland liebe mit jeder Faser meines Herzens, der ich mich hier immer als Deutscher bekannt habe und mein Deutschtum stolz betont habe, ich frage jetzt, wo mein Vaterland in Gefahr steht, wo ich stehe?

Halt, sagt eine andere Stimme, weshalb stehst du hier, weshalb gingst du heraus aus Deutschland? Um Pastor werden zu können, um dem Herrn zu dienen. Wenn du Deutschland mit jeder Faser deines Herzens liebst, wo bleibt dann dein Heiland? – Ja, aber kann man denn als Christ seine Heimat nicht lieb haben? Das kann nicht sein, dagegen sprechen unzählige geschichtliche Gestalten, die Christen und Patrioten waren.

Aber kämpfst du denn überhaupt für Deutschland, kämpfst du nicht für Hitler und sein offenbar antichristliches System? Willst du etwa für Hitler kämpfen, um dessen Judenprogramm du deine Heimat hast verlassen müssen und dein Vater aus dem Amt geworfen wurde? – Aber Gottfried steht doch da – und ich soll hier desertieren? Was geschieht dann mit der Familie?

Nein, wenn die Vorladung vom deutschen Konsul kommt, werde ich gehen. Aber ehe die Vorladung hierher nachgeschickt wird, ist es vielleicht schon zu spät und ich bin Deserteur, ohne es zu wollen? Soll ich nach London fahren und mich zur Verfügung halten, zumal ich nicht weiß, ob man mir am Ende einen Brief vom deutschen Konsul gar nicht nachschickt?

Hier endet dieses Tagebuch. Das Problem endete damit nicht.

2.2 In London

Die Entscheidung

Am Sonnabend, dem 26. August 1939, endete die Freizeit.

Am Sonntag darauf war ich in der deutschen Kirche und hörte eine Predigt von Pastor *Büsing*[26]. Anschließend nahm ich an einem Jugendkreis im Pastorat teil. Die Diskussion muss hart gewesen sein. »Deutschland gleich Karthago?« hält mein Tagebuch fest, und dahinter, ganz groß geschrieben: »Nein!« –

Am Montag gab es eine »schwere Diskussion mit großen Folgen!«. Ich hatte wohl zu viel Sympathie für deutsche Soldaten gezeigt. Wenige Tage darauf musste ich in ein anderes Heim der *Hebrew-Christian Alliance* in Nord London umziehen.

Vorher aber, am Dienstag, dem 29. August (!), ging ich zur Deutschen Botschaft um zu fragen, wieso ich immer noch nicht einberufen würde. Ich bin doch in den Wehrstammrollen eingetragen. Die Botschaft war offensichtlich in Auflösung. Irgendein Beamter hörte mich an und sagte dann: Wir haben doch schon vor 14 Tagen in der Presse alle Deutschen aufgefordert, nach Deutschland zu fahren. – Das hatte ich im Lager nicht gelesen. Und jetzt?? – Ich fragte den Beamten: Wenn ich jetzt nicht fahre, gelte ich dann als fahnenflüchtig, gar als Deserteur? Die Frage war natürlich falsch, ich war ja noch gar nicht eingezogen, geschweige denn vereidigt. »Das weiß ich nicht, das müssen Sie selber wissen«, so etwa wurde ich entlassen.

---

26 Wolfgang Büsing (1910-1994).

»Heilig Vaterland, in Gefahren deine Söhne sich um dich scharen …« – Das hatten wir in der Schule nicht nur gelernt und gesungen, das wollten wir auch! Also fuhr ich zurück ins Heim, packte meinen Koffer und rief Inge an. Sie kam sofort. – Es folgte eine lange und bitterschwere Diskussion, die damit begann, dass Inge mir sagte: »Ich bin bereit, Dir das Fahrgeld zu geben …« – Ach so, daran hatte ich noch gar nicht gedacht: Wie könnte ich mir denn eine Fahrkarte kaufen? Sollte ich etwa P. Pelz um das Geld für eine Fahrkarte bitten, damit Hitler einen Soldaten mehr bekäme? – Ferner warnte Inge: »Wenn aber kein Krieg kommt, kannst Du hierher nicht zurück! Dann bist Du hier als Nazi abgestempelt!«

Es folgte eine »unruhige Nacht«. Entscheidend wurde mir das Wort Christi: »Wer seine Hand an den Pflug legt und sieht zurück, der ist nicht geschickt für das Reich Gottes.« (Lk 9,62) – Das konnte ich nicht. Also blieb ich. – Zwei Tage darauf, am 31.8., nahm mich Inge mit zu Mrs. Pennell nach Much Hadham. Dort hörten wir am nächsten Tag vom Beginn des Polenfeldzugs, am Sonntag darauf die Kriegserklärung von England und Frankreich an Deutschland.

Also doch wieder Krieg. Bange Fragen: Wie – und wann – wird das enden?? Was wird aus uns? Mit einem Mal war die Zukunft, die eben noch so leuchtend schien, dunkel und ungewiss …

Meine neue Adresse in London war: 102, *Tyrwhit Road*, *London*, S.E.4

Ich habe wenige Erinnerungen an dieses Heim, denn wir alle lebten in gespannter Erwartung auf das Tribunal, das entscheiden sollte, wer interniert werden würde und wer nicht. Das aber zog sich Monate hin und vorher konnte nichts über eine Schule für mich entschieden werden. – Ein Erlebnis aus dieser Zeit blieb mir bis heute lebendig im Gedächtnis: Die Heimleiterin sah mir wohl an, dass ich oft recht bedrückt war über meine Lage, besonders natürlich in Sorge um meinen Soldatenbruder Gottfried. Also wollte sie mich trösten und sagte zu mir: »Wouldn't it be wonderful if the Lord came to-night!« Wäre es nicht herrlich, wenn der Herr heute Abend wiederkehren würde? Ich war nicht sicher, ob ich froh sein würde. Das würde doch auch das Ende der Welt sein und – das Jüngste Gericht??

Neben dem Warten auf das Tribunal beschäftigten uns natürlich die Nachrichten vom Kriegsschauplatz in Polen. Die Schnelligkeit der deutschen Siege war kaum zu glauben. Eine Meldung aus einer englischen Zeitung war typisch – und mir unvergessen: »There is no reason to believe that the German claims are substantially untrue.« – Es gibt keinen Grund zu der Annahme, dass die deutschen Behauptungen sachlich falsch wären. – Das Echo im Emigrantenheim war anders als meine Gefühle.

Das Thema der Internierung war allgegenwärtig. Am Sonntag, dem 8.10., hörte ich in der deutschen Kirche: P. Rieger ist interniert. Aber am 1. November ist er wieder frei. – Ich wurde am 8.11. zwei Stunden von Beamten des Scotland Yard befragt, erhielt am 9. November die Vorladung zum Tribunal, das am 16. November stattfand. Ergebnis: »Exempted from internment«. Der Grund: Ich wurde anerkannt als »friendly enemy alien« und »refugee from Nazi opression«, als freundlicher feindlicher Ausländer und Flüchtling vor der Unterdrückung durch die Nazis.

Jetzt konnte man konkrete Pläne machen. Aber immer noch hieß es: Geduld! Während draußen die Ereignisse sich überschlugen: Am 17.9. fielen auch die Russen in Polen ein. Am 28.9. kam der deutsch-russische Grenz- und Freundschaftsvertrag zustande, unterzeichnet von Ribbentrop und Molotow. Am selben Tag kapitulierte Warschau. Am 6. Oktober verkündigte Hitler seinen Sieg über Polen und drohte den Engländern und Franzosen.

Meine Zuflucht in jenen Tagen war die deutsche Gemeinde. Da war ich zu Hause. Der Gottesdienst tröstete mich und – der Flötenkreis, in dem ich regelmäßig mitspielte. P. Rieger schenkte mir eine kleine C-Flöte, die mich nach Australien begleitete und die ich heute noch habe. – In dieser Zeit fand man auch einen Abiturkurs für mich: Im »*Regents Street Polytechnic*« in London wurde ein »*Matriculation Day Class*« angeboten, in dem ich mich auf das englische Abitur vorbereiten konnte. Beginn: am 8. Januar.

Inge war ebenfalls nicht interniert und hatte eine Stelle an der University of *Durham*. Über die Weihnachtstage lud sie mich ein in ein englisches Pfarrhaus in Bedale, Yorkshire. Der 24.12. war ein Sonntag, der 4. Advent, aber in England kein »Heilig Abend«. Den feierten Inge und ich mit Kerzen und Blockflöten und Keksen in meinem Zimmer. Weihnachten in England ist nur der »Christmas Day« am 25.12., der wichtigste Abendmahlstag in der *Church of England*. Der Pastor, unser Gastgeber, prüfte mich Lutheraner, ob ich daran teilnehmen dürfe!! Wir lasen die 39 Artikel im *Common Prayer Book* und ich konnte ihm versichern, dass das auch meine Auffassung vom Heiligen Abendmahl sei. Also durfte ich am nächsten Tag daran teilnehmen!

Mit dem Kriegsausbruch endete natürlich alle Korrespondenz mit Deutschland. Die ersten Nachrichten von zu Hause erhielt ich durch eine Postkarte von Onkel Ernst Gurland[27] aus Riga. Ich antwortete am 16.10.1939:

»Lieber Onkel Ernst!

Hab tausend Dank für Deine Karte. Seit Kriegsausbruch waren dieses die ersten Nachrichten von zu Hause. Ich habe

---

27 Ernst Gurland (1880-1946), Bruder des Vaters, Pädagoge, Direktor des Städtischen Gymnasiums in Riga.

zwar sofort nach Kriegsausbruch an Omama[28] und *Bordelius* (in Libau)[29] und an *Bidders*[30] in der Schweiz geschrieben, weiß aber nicht, ob diese Nachrichten durchgekommen sind, habe bis heute noch keine Antwort …

Leider weiß ich auch nicht, ob dieser Brief Dich erreichen wird oder ob Du auch die alte Heimat verlassen hast. Ich denke jetzt so viel an unser altes Baltikum. Sollte dieses jetzt das Ende eines 600 Jahre alten Kampfes für Deutschtum im Ausland sein?

Bis Anfang Oktober hatte ich Inge immer in meiner Nähe und habe das sehr genossen. Durch sie habe ich auch eine ganze Reihe Engländer kennen gelernt. Jetzt ist sie in Durham und hat ihre Stelle als Lektorin der deutschen Sprache. Ihre Anschrift ist: c/o Dr. McCourt, 49, The Avenue, *Durham*.«

In einem Brief an Onkel *Fritz Bidder* in der Schweiz, datiert <u>Neujahr 1940</u>, in Meine angekommen am 19.1.1940, schildere ich mein Weihnachtsfest und melde den Anfang meines Abiturkurses:

»Lieber Onkel Fritz!

Vielen Dank für Deinen lieben Brief vom 7.12.1939, über den ich mich sehr gefreut habe. Heute erhielt ich durch Max Bielenstein (aus Schweden)[31] die Nachricht vom Ableben Tante Sophiechens[32] und kann kaum sagen, wie ich mit dem

---

28 Siehe Anm. 15.
29 Max von Bordelius, Pastor (1886-1982) und seine Frau Irmgard geb. von Rieder (1890-1982).
30 Bidder, Fritz (Friedrich Eduard) (1877-1966), ein Vetter des Vaters, und seine Frau Marion Bührig.
31 Max Bielenstein (1891-1959), Pastor, Sohn des Emil Bielenstein und seiner Frau Sophie, geb. Gurland.
32 Sophie Bielenstein, geb. Gurland (1863-1939), Halbschwester Rudolf Gurlands und seiner Brüder.

armen Onkel Emil[33] fühle. Möge Gott ihm Kraft und Trost geben.

Ich verlebte ein sehr schönes Weihnachtsfest zusammen mit Inge. Am Heiligen Abend, der hier ja nicht gefeiert wird, hatten wir in meinem Zimmer einen kleinen Weihnachtsbaum; Mrs. Pennell's Bruder ist hier nämlich Pfarrer und ich lernte dort im Kreise seiner Familie das hiesige Weihnachten kennen. Sehr interessant und sehr anders, aber im Wesentlichen dasselbe: Weihnachten. Und ich kann wohl sagen, dass der Herr mir wunderbar geholfen hat; wir haben ein wahres Weihnachten feiern können.

Gestern war nun Silvester, der letzte Abend dieses Jahres, das für mich das bedeutendste bisher war. Von allem, was wir lasen, war wohl das Gerhardt-Lied das Schönste: »Nun lasst uns gehn und treten mit Singen und mit Beten zum Herrn, der unserm Leben bis hierher Kraft gegeben ...«

In diesen Weihnachtsferien habe ich *Lennacker* von Ina Seidel[34] gelesen. Du wirst Dir denken können, mit welchem Interesse und welchem Genuss ich dieses Buch las. Es ist wirklich großartig. – Am 8. Januar fange ich an einem Polytechnikum an, mich auf das Abitur vorzubereiten. Ich freue mich sehr darauf, obwohl es eine sehr arbeitsreiche Zeit sein wird. Aber dazu bin ich ja hier ...

Äußerlich bin ich sehr gut versorgt, da brauchst Du Dir keine Sorgen zu machen.

Nochmals alles Gute zum Neuen Jahr. Herzlich Dein Heini

---

33 Emil Bielenstein (1858-1943), Pastor, Sohn des Linguisten und Pastors August Bielenstein und der Ernestine Bielenstein, geb. von Bordelius.
34 Ina Seidel (1885-1974), Schriftstellerin. Das Buch »Lennacker« erschien zuerst Stuttgart/Berlin 1938.

Der Abiturkurs

Am 8. Januar 1940 ging es also los. Der Schulweg: Quer durch den *Hyde Park* bis *Marble Arch*, dann die *Oxford Street* bis zur Kreuzung *Regent Street*: etwa eine halbe Stunde zu Fuß im Herzen von London.

Der Kursus war keine Schulklasse, sondern eine »Presse«: Ganz unterschiedliche Teilnehmer. Und es ging flott! Man musste in mindestens fünf Fächern bestehen, Englisch und Mathe waren Pflicht. Ich wählte dazu Latein, Französisch und – Deutsch! Musste dabei aber meine Handschrift ändern: Sütterlinschrift war out. Kein Problem, aber die Mathematik! Ohnehin mein Schwachpunkt und jetzt in England eine ganz andere Methode. Da habe ich manchmal abends stundenlang geraten, manchmal mit, manchmal ohne Erfolg. Nach so einem Abend fragte ich einmal meinen Nachbarn im Kurs: »Kann ich mal Dein Mathe haben?« Ein empörter Blick: »O no, that's not done in this country!« – Das war peinlich. Was bei uns ganz üblich war, dass man vom Nachbarn abschrieb, das tat man nicht in England.

Der Unterricht dauerte von 9.30 bis 13.00 Uhr, dann von 14.00 bis 16.30 Uhr. Ich war also gut acht Stunden unterwegs und abends gab es Hausaufgaben. Keine Inge mehr in der Nähe. Aber ich wollte den Kurs bis zum Junitermin schaffen. Und das schien zu klappen: Das Zeugnis am Ende des Kurses zeigte viermal »v. good« und bei Mathe »good«. So war ich ganz gefasst auf die Prüfung, die am 4. Juni 1940 beginnen sollte.

Aber am 10. Mai begann der Krieg im Westen. Unter dem Schock über die deutschen Siege internierten die Engländer am 12. Mai alle an der Küste lebenden feindlichen Ausländer, am 16. Mai alle in London, später auch alle anderen. Die Angst vor einer »Fünfte Kolonne« saß tief.

Vorbei die Hoffnung auf ein Londoner Abitur. Mein Antrag aus Australien, mir das gut bestandene Abschlussexamen als offizielles *Londoner Matric* anzuerkennen, wurde abgelehnt. Das war bitter. Aber das Leben ging ja weiter.

Davon erzählt das nächste Kapitel.

In der Deutschen Evangelischen Gemeinde begegnete ich vielen bekannten Persönlichkeiten. So wurde ich einmal dem *Right Reverend The Lord Bishop of Chicester* vorgestellt, der ein Herz für Deutschland hatte, im Oberhaus gegen den Bombenkrieg auf [gegen?] die Zivilbevölkerung protestierte, deswegen auch angefeindet wurde. Ich traf den Pastor und Professor Dr. Hans Ehrenberg. Im 1. Weltkrieg war er, obwohl jüdischer Herkunft, Hauptmann geworden. Nach dem Krieg hatte er zur judenchristlichen Frage und zur gespannten Lage im Nachkriegs-Deutschland öffentlich Stellung genommen[35]. Er wurde 1938 in ein KZ gebracht, dort zum Leichenträger bestimmt: Er mußte jeden Morgen die Leichen der Ermordeten wegtragen. In der Zeit wurden seine Haare schloßweiß. – So erfuhr ich damals schon von den Greueln in den KZs, von denen wir zu Hause nichts wußten. Aus meiner Schulzeit kannte ich zwar die Warnung: »Halt die Klappe, sonst geht's ab nach Dachau!« Jetzt zu erfahren, was da wirklich geschah, war kein geringer Schock. -

---

35 Vgl. Hans Ph. Ehrenberg: Deutschland im Schmelzofen. Gewalten, Fronten, Entscheidungen, Berlin 1932; s. jetzt: Günter Brakelmann: Hans Ehrenberg. Ein judenchristliches Schicksal in Deutschland. Zwei Bände, Waltrop 1997 und 1999.

Kapitel 3 | Interniert
(16.05.1940 – 30.10.1945)

16.05.1940	London: Royal Horse Guards Barracke
17.05.1940	Campton Park (Pferderennplatz bei London)
03.06.1940	Wharf Mills (ehemalige Weberei)
20.06.1940	Isle of man (Onchan)
10.07. –	
07.09.1940	D u n e r a !
	ca. 15.07.1940: TORPEDIERT – aber Torpedoversager!
	Wir lagen vor TAKURADI südlich von DAKAR
	Wir lagen vor KAPSTADT!
	27.08.1940: vor FREEMANTLE, Westaustralien
	02.09.1940: in MELBOURNE (Ausladen der Reichsdeutschen)
	07.09.1940: Landung in SYDNEY
08.09.1940	Ankunft in HAY, New South Wales
20.05.1941	in TATURA, 2 B (EMIGRANTENLAGER)
17.09.1942	in TATURA, 2 A (MIT ITALIENERIN)
08.03.1944	in LOVEDAY, SÜDAUSTRALIEN
24.05.1944	in TATURA, LAGER 1 (deutsches Lager)
01.07.1945	RÜCKFAHRT NACH ENGLAND (Panama Kanal!)
02.08.1945	ISLE OF MAN (Peel)
06.09.1945	LONDON RECEPTION CENTRE

28.10.1945	Fahrt nach DOVER
29.10.1945	über den Kanal nach OSTENDE
30.10.1945	in MÜNSTER – auf dem Bahnhof – ENTLASSEN
02.11.1945	VON MÜNSTER ÜBER CELLE NACH HERMANNSBURG CA. 19.30 UHR WIEDER ZU HAUSE!

Am 10. Mai 1940 begann der deutsche Angriff im Westen. Obwohl die Alliierten über ein halbes Jahr Zeit gehabt hatten, sich darauf vorzubereiten, brach ihr Widerstand zusammen wie ein Kartenhaus. Schuld daran war – angeblich – besonders in Holland und Belgien die so genannte »Fünfte Kolonne«, Soldaten in Zivil, die hinter den Fronten den Widerstand lähmten.

In England brach Panik aus: Zur »Fünfte Kolonne« gehörten vielleicht auch einige der 70.000 Emigranten, die dort Schutz gefunden hatten. Es soll vorgekommen sein, dass Emigranten, die zu Hunderten in der Bow Street auf ihre Registrierung warteten, deutsche SS-Männer erkannten, die mit einem J im Pass sich in England einschleichen wollten. Also: »Intern the lot!« Alles internieren!

Am 12. Mai begann die Internierung an den Küsten; am 16. Mai in London, einige Tage später folgte der Rest.

Ich saß im Heim der »International Hebrew Christian Alliance« noch beim Frühstück, als zwei Beamte von Scotland Yard kamen und Herrn Ehrlicher, einen mit dem EK I ausgezeichneten Frontkämpfer des Ersten Weltkriegs, und mich, einen 18-jährigen Schuljungen, abholten. Nur Handgepäck – das aber war vorbereitet: Meine Konfirmandenbibel und das Gesangbuch, ein Gedichtband (*Rudolf Mirbt*: Das Deutsche Herz, noch heute in meinem Besitz) und eine Biografie von *Madame Curie*[36] kamen mit.

Das erste Ziel: Die *Royal Horse Guards Barracks* in London. Vornehmer ging's kaum. Auf dem Fechtboden oben landeten wir, schliefen dort auf Matratzen, eng nebeneinander, ein, zwei Nächte. Dann weiter ins erste Lager: Campton Park, ein berühmter Pferderennplatz in der Nähe von London. Alles war improvisiert. Die Verpflegung war sehr knapp; nach einigen Wochen wurde sie besser.

Hier in *Campton Park* traf man sich wieder: Vor allem Pastor Rieger von der deutschen Gemeinde, Pastor Hildebrandt[37], einige andere und einige wenige Bekannte aus der Emigration.

Der Rennplatz war mit Stacheldraht umzäunt. Draußen übten die englischen Soldaten Bajonettangriffe, mit Gebrüll, auf Sandsäcke! Die Rennbahn wurde umgepflügt, damit dort keine deutschen Flieger landen könnten. – Es wurde Juni. Die Luftschlacht über England tobte. Wir sahen sie nicht, aber abends gab der Kommandant vor den versammelten Internierten die Zahlen der heute abgeschossenen deutschen Flugzeuge bekannt. Die Emigranten jubelten – und ich dachte an Gottfried, der als Funker bei der Luftwaffe diente. Ob er schon beim fliegenden Personal war ... *???*

Irgendwann wurden wir verlegt, nach »Wharf Mill« bei Bury, einer verkommenen ehemaligen Weberei in Mittelengland. Die einzige Erinnerung: ein herrlicher Sommerabend. Ein Sänger sang Schuberts »An die Musik«. Seither sind Schuberts Lieder mir besonders lieb. Was tat man im Lager? Ich erinnere mich nur wenig: Wir hatten Bibelstunden mit

---

36 Marie Curie (1867-1934), erhielt 1903 den Nobelpreis für Physik und 1911 den für Chemie. Der Buchtitel ist nicht erinnerlich.

37 Vgl. oben Anm. 1.

den deutschen Pastoren. Man erzählte, fragte, drehte seine Runden. In *Campton Park* entstand ein Lied, das wir viel sangen, ich weiß nicht, von wem (Umdichtung des »*Buchenwald-Liedes*«?):

> »O Campton Park, ich kann dich nicht vergessen,
> weil du mein Schicksal bist.
> Wer wieder draußen schaffen kann und essen,
> der weiß, wie wunderbar die Freiheit ist.
> Kein Paper, Radio, Mädchen und dergleichen,
> nur Hoffen ist unsers Schicksal Ziel.
> Wir werden trotzdem nicht vom Hoffen weichen,
> denn einmal kommt der Tag, wo der Vorhang fiel.
> Und können wir's auch nicht erreichen, so geschieht doch mancherlei
> und wir sind frei.«

Ja, noch ein Lied lernte ich dort kennen: Das berühmt gewordene Lied von den Moorsoldaten, aus den deutschen Konzentrationslagern …

In *Wharf Mill* waren wir nicht lange. Bald ging's weiter zu der berühmten Isle of Man, die schon im Ersten Weltkrieg deutsche Gefangene aufgenommen hatte.

Aus einem Brief vom 3.6.1940, meinem 19. Geburtstag, noch aus *Wharf Mill*: »Es sind drei evangelische Pfarrer hier und wir haben jeden Sonntag Gottesdienst und täglich Bibelarbeit. Das genieße ich sehr und lerne viel dabei. Außerdem ist jeder Tag mindestens ein Vortrag von verschiedensten Leuten über verschiedenste Gebiete. Im Allgemeinen ein sehr hohes Niveau. Abends singen wir gemeinsam Lieder. Ich habe meine Flöte mit und blase viel mit dem Pastor, bei dem ich im Flötenkreis war …«

Ende Juni (lt. Brief vom 22.6.1940) kam ich auf die *Isle of Man*: 51 Royal Avenue Internment Camp in *Onchan*. In einem Urlaubsort wurden einfach einige Straßenzüge mit Stacheldraht eingezäunt und wir wohnten in festen Häusern, fanden dort alles vor. Ich erinnere mich besonders an die herrlichen frischen Fische, die nachts gefangen und am Morgen ins Lager gebracht wurden, die wir dann selber brieten. »Wir sind hier sehr gut aufgehoben, aber leider sind die drei Pfarrer nicht mitgekommen, so haben wir bisher nur sonntags eine Andacht ...«

Dort blieb ich nicht lange. Am 10. Juli 1940 schrieb ich nach Hause: »Wir stehen wieder vor einem Abtransport. Wie weit es auch gehen mag, der Herr ist mit mir und das sollte uns Trost genug sein ... Die Anstalt, auf der ich mich für das Maturum vorbereitet hatte (*Regent Street Polytechnic*, London, *Matriculation Day Class*), hat mir im Zeugnis für Deutsch, Latein, Englisch und Französisch je eine Eins gegeben, in Mathematik eine Zwei. Ich freue mich sehr darüber, wenn es auch das Examen, an dem ich verhindert wurde, nicht ersetzt.« Die Bemühung um meine Hochschulreife ist ein Roman für sich. Davon später mehr.

HMT Dunera

Am 10. Juli wurden wir von Liverpool aus auf der *Dunera*, einem Truppentransporter, eingeschifft, nach »overseas«. Wir alle erwarteten, nach Kanada deportiert zu werden, wie schon mehrere Transporte vor uns.

Zum ersten Mal im Leben vor einem Übersee-Dampfer! Es war faszinierend. Eine Seereise! Ich staunte, schaute hier und dort; es war fast ein Hochgefühl, das abrupt beendet wurde: »Come on! Come on! This is no pleasure trip!« Ich habe die Worte noch im Ohr. Und der Soldat behielt Recht.

Wir wurden unter Deck geführt, saßen an langen Tischen auf Holzbänken, warteten, was werden würde. Als es hieß: »Hängematten holen!« war ich schnell dabei, musste aber die Hängematte wieder abgeben: Nur die Älteren bekamen eine. Immer mehr Internierte kamen nach unten. Zum Schluss schliefen die Glücklichen in Hängematten, die weniger Glücklichen auf Tischen: Immer zwei Mann passten Fuß an Fuß auf einen Tisch. Die letzten, zu denen ich gehörte als einer der Jüngsten, schliefen auf den schmalen Holzbänken, mit einem Arm um die Holzstrebe, um nicht herunter zu fallen! Das genau acht Wochen!

Die Verpflegung an Bord war gut und reichlich, zum Teil überreichlich, da manche wegen der Seekrankheit wenig oder nichts aßen. Ich war stolz, nicht einen Tag seekrank geworden zu sein! Stolz?? – Sehe aber noch vor mir einige arme Kerle, die die ganze Reise über seekrank waren.

Entsetzlich waren die hygienischen Zustände auf dem völlig überfüllten Schiff. Unbeschreiblich die Zustände, als sich im Laufe der langen Reise Diarrhö einstellte, verstopfte Klos auf schwankendem Schiff …

Schwerer war für mich etwas anderes: Das Deck, auf dem ich lag, war geteilt: Links saßen wir, »*Refugees from Nazi Oppression*«. Rechts saßen deutsche Seeleute, die den Untergang der *Arandora Star* überlebt hatten. Dieser 15.000-Tonner war mit deutschen und italienischen Zivilinternierten auf dem Weg nach Kanada vom berühmten Kapitänleutnant Prien (U 47) am 2. Juli versenkt worden. Die deutschen Seeleute gingen sofort über Bord und versuchten, sich schwimmend zu retten. Die Italiener gingen auf die Knie und riefen die Jungfrau Maria an; nur wenige überlebten. Die englische Besatzung ging zum Bootsdeck, wollte in die Rettungsboote. Das Schiff war aber so schwer getroffen, dass es sich plötzlich aufrichtete und steil in den Fluten versank. Die Besatzung kam ums Leben …

Später lasen wir in Australien Zeitungsberichte von »Nazi panic on board«, die angeblich den Verlust der Besatzung erklären sollte. Um ähnliches zu verhindern, wurden wir nach einigen Tagen unter Deck hinter Stacheldraht gehalten. Nur ein schmaler Laufsteg blieb frei für das tägliche »exercise«, einige Runden um das Schiff, meistens im Laufschritt: »Come on, you bastards! Get a move on!« – Ich war jung, mir machte das nichts. Aber wir hatten auch alte Männer an Bord, Gelehrte, Professoren, jüdische Intelligenz …

Unter Deck saßen wir sonst den ganzen Tag an den Tischen. Man spielte Karten. Neben mir spielte alles Bridge, also hatte ich nach einigen Wochen die Regeln mitgekriegt, konnte gelegentlich aushelfen.

Von der anderen Seite, zu der natürlich keinerlei Kontakt bestand, erklangen deutsche Lieder, Seemannslieder, Soldatenlieder. Und in mir sang es mit, natürlich nicht laut, aber …

Ich meldete mich zum Essenholen, zum Deckschruppen. Das brachte Abwechslung. Man sah mehr vom Schiff. Wenn irgend möglich, stand ich draußen am Stacheldraht und sah aufs Meer. Dieses herrliche Meer. Bei hohem Seegang sah man zuerst Himmel und Meer. Dann neigte sich das Schiff, ich sah nur noch das Wasser, dachte, gleich muss das Schiff kentern; aber es holte über, wieder Wasser und Himmel, dann nur noch den Himmel. – Manchmal frühmorgens Meeresleuchten. Gelegentlich im Schaum seltsame, unbeschreibliche Weiße, Frische, Schönheit, die einem das Herz bewegte. Ich verstand, warum Aphrodite, die Göttin der Schönheit, die Schaumgeborene hieß. Sonnenuntergänge, Mondnächte auf See – dann war der Krieg weit weg. Nicht vergessen, aber weit weg. Die endlose Weite des Meeres, die Urgewalt bei Sturm, die Schönheit, immer wieder diese ständig wechselnden Farben des Wassers, man verstand, dass das Meer die Menschen immer wieder in seinen Bann zog.

Aber der Krieg war näher, als wir ahnten. Eines Tages stand ich wieder am Stacheldraht und sah hinaus aufs Meer, als plötzlich ein dumpfer Schlag gegen das Schiff zu hören war. Was war das? Etwa ein Torpedo?? – Einige Sekunden stand das Herz still, wartete auf die Detonation. Von unten hörte ich Stimmen: »Raus! Raus!« Nichts erfolgte. Dann sah ich die malaiischen Seeleute in ihren »Klapprlatschen« ankommen: »Life belts! Life belts!« – Aber nichts geschah. Der Atem ging wieder. Falscher Alarm? Glück gehabt?? – Nichts geschah. – Dann kamen die Gerüchte: Eine Schraube sei bei hohem Wellengang durchgedreht … Haben wir einen Wal gerammt? – Bis vor kurzem wusste ich nichts Näheres. War es ein Blindgänger? Also doch ein Torpedo?

40 Jahre später erhielt ich die Bestätigung: Auf der Schuhstraße in Hildesheim lag antiquarisch aus die »Chronik des Seekrieges 1939 – 45« von J. Rohwer/G. Hümmelchen[38]. Ich blätterte neugierig, ob etwa der Name DUNERA im Register

---

38 Jürgen Rohwer und Gerhard Hümmelchen: *Chronik des Seekrieges 1939-1945*, Oldenburg (1968).

stünde. Da fand ich auf Seite 61 den Satz: »U 56 (Oblt. z. S. Harms) greift den mit deutschen und italienischen Zivilinternierten besetzten Transporter *Dunera* an, Torpedoversager vereitelten diesen und rund 10 weitere Angriffe der 5 Boote.«

Also doch torpediert! Aber ich lebe. – Einige unserer Kameraden wurden während des Krieges aus Australien nach England entlassen. Große Freude – aber nicht alle kamen an. Mehrere wurden torpediert. Und ich lebe. – »Wer kann das je verstehen?« ...

Zurück auf die *Dunera*. Unsere Wachsoldaten waren aus Dünkirchen entkommen, englische Kolonialtruppen, zum Teil verwegene, wilde Typen, über und über tätowiert. Nicht nur, dass sie uns ums Deck jagten, sie untersuchten auch vor unseren Augen unser Gepäck, das in Haufen vor dem Stacheldraht lag. Unten war dafür kein Platz gewesen. Mit Bajonetten wurden die Koffer geöffnet, der Inhalt durchsucht, oft flog das Ganze über Deck. Proteste nützten nichts – bis wir in Australien waren. Als diese Berichte nach England kamen, gab es einen Sturm der Empörung im Unterhaus, die Soldaten wurden bestraft, die Geschädigten erhielten Entschädigungen.

Nach etwa acht Tagen Seefahrt standen unsere Seeleute an Decke, hielten den nassen Daumen in den Wind, zeigten zur Sonne und meinten: »Übermorgen sind wir in Kanada!« Abends aber kam die Nachricht, englisch: »You are on the way to Australia!!«

Das schlug ein wie eine Bombe: Nach Australien? Die Älteren unter uns wussten: Nach dem Ersten Weltkrieg hat man die deutschen Zivilinternierten aus *Kaiser-Wilhelm-Land* (Neuguinea), aus Neukaledonien und Neuseeland bis Anfang der zwanziger Jahre einfach vergessen. Ganz spät kamen die nach Hause. Unter uns aber waren viele, die ihr Visum für

Amerika hatten und hofften, von Kanada aus bald frei zu kommen. Es herrschte allgemeine Verzweifelung. Auch ich fragte mich, wie und wann wir wohl von dort wieder zurückkommen würden.

Unser Schiff fuhr natürlich verdunkelt. Der erste Hafen, den wir anliefen, war *Takuradi*, unterhalb von Dakar. Ich sehe noch die Boote der Eingeborenen, die ans Schiff kamen, um mit der Besatzung zu feilschen und zu verkaufen. Uns machten sie die Bewegung des Hals-Abschneidens. Was mögen ihnen die Engländer über die Nazis an Bord erzählt haben … ?

Die Reise war lang, schier endlos lang. Da der Suezkanal als Kriegsgebiet gesperrt war, ging es um Afrika. Dort aber wurden wir belohnt. Wir lagen vor Cape Town und sahen zum ersten Mal wieder seit Kriegsausbruch – eine erleuchtete Stadt! Den Tafelberg hoch zog sich eine hell erleuchtete Großstadt! Wie im tiefsten Frieden. Wir blieben nicht lange, aber dieser Eindruck war unvergesslich.

Dann die lange Strecke durch den Indischen Ozean. Haushohe Wellen, man meinte, das Schiff müsse jetzt kentern. Aber es ging gut. An Bord hatte man sich gewöhnt. Selbst der harte Kampf um die Luftdüsen war vorbei: Im Nordatlantik wollte keiner den Luftzug in seinen Nacken kriegen; jetzt war man froh über jeden geringen Luftstrom im heißen Schiff.

Am 27. August 1940 landeten wir in Freemantle, Westaustralien. Ein australischer Offizier berichtete seinem General in Melbourne seinen Eindruck von der *Dunera*:

»All these internees with escort were dumped on the ship and told to get to Australia, without any thought of documents or anything else. The whole show is terrible, if you could see these Huns and Dagoes behind the wire after 2 months at sea, with rough weather nearly all the way, you would wonder how on earth they survived it.« (The *Dunera* Affair, ed. by P. Bartrop, Schwartz & Wilkinson, Melbourne. Page 57)

All diese Internierten und ihre Bewacher wurden auf das Schiff gestopft mit dem Befehl: Raus nach Australien! Ohne jeden Gedanken an Dokumente oder irgendetwas anderes. Der ganze Anblick ist schrecklich, wenn Sie diese Hunnen und Dagoes (Schimpfwort für Italiener) sehen könnten hinter Stacheldraht nach zwei Monaten auf See, bei rauer See fast die ganze Zeit, Sie würden sich wundern, wie in aller Welt sie überlebt haben. (Seite 57)

Zu diesem Zitat, das ich nur aus einem Buch kenne, erinnere ich mich an einen Ausspruch eines australischen Offiziers bei unserer Landung in Sydney: »This is a bloody mess!« Die Worte habe ich noch im Ohr.

Am 2. September landeten wir in Melbourne. Hier wurden die reichsdeutschen und italienischen Internierten vom Schiff ins Lager in TATURA gebracht. Unsere Fahrt ging weiter nach Sydney, wo wir am 7. September 1940 landeten. Die Einfahrt in den berühmten Hafen von Sydney, dem »schönsten Hafen der Welt« mit der Sydney Harbour Bridge, war ein ganz starker Eindruck. Stärker noch aber war die freundliche Behandlung durch die Australier. Die waren entsetzt über unseren Zustand. Wir kamen in einen D-Zug, wurden bestens verpflegt und fuhren über die »Blauen Berge« bis nach Hay in New South Wales. Kein Bahnhof, kein Bahnsteig; ein Haltepunkt. Wir sprangen vom Zug und marschierten zu einem Lager, Camp 8, das nur aus einem dreifachen Stacheldrahtzaun und unfertigen Hütten bestand. Die Erde war braun und rissig von der Trockenheit. Wir wurden in Hütten zu je 28 Mann verteilt. Die Betten: ein Holzgestell von zwei mal sieben Bettstellen nebeneinander, darüber dasselbe noch einmal, mit einfachem Draht bespannt, darauf ein Strohsack und zwei Decken. Kein Tisch, kein Stuhl, kein Spind, nichts sonst. –

Die Hütten standen auf Pfählen, das Dach war eine gute Handbreit über den Wänden, wohl wegen der zu erwartenden großen Hitze.

In diesem Lager Nr. 8 in *Hay* war ich vom 8. September 1940 bis zum 20. Mai 1941. Gleich am zweiten Abend erlebten wir den ersten Sandsturm. Man sah die Windhose dunkelbraun kommen. Dann plötzlich erkannte man kaum noch die Nachbarbaracke. Er dauerte gar nicht lange, aber hinterher war alles voll Sand, von den Decken auf dem Strohsack bis zu den eigenen Zähnen. Für uns ein ziemlicher Schock.

Andererseits waren unvorstellbar schön die Sonnenuntergänge: Der ganze Horizont ein leuchtendes Farbenmeer, auch nicht von langer Dauer, dann aber der unvorstellbar schöne südliche Sternenhimmel. Der hat uns abends und nachts oft getröstet: Das Kreuz des Südens; der Vollmond, auf dem sich unsere Blicke mit denen der Lieben daheim treffen konnte – wie ich dachte.

Bei der Ankunft kamen wir uns vor wie am Rande der

Wüste. Aber nach kurzer Zeit begannen die ersten Gärten mit Blumen und Grün uns zu erfreuen: Kaum war Wasser gelegt, da blühte das Land.

Der Tagesablauf war eintönig: 6.30 Uhr Wecken: »Roll Call«, anfangs angetreten im Freien, später beim Durchgang der Offiziere durch die Hütten. 7.30 Uhr Frühstück, 13 Uhr Mittag, 18 Uhr Abendbrot.

Die Verpflegung war gut und reichlich. Es wurden die verschiedensten Arbeitsgruppen gebildet. Im Laufe der Jahre habe ich mich durch alle hindurchgearbeitet: vom Tellerwäscher, Küchenjungen, *Storekeeper*, *Garden-party*, *Road-building* einschließlich »*grubbing*«, das heißt Stubben roden, eine harte Arbeit bei dem eisenharten Holz der Eukalyptusbäume; natürlich im Turnus auch Latrinendienst, bis zum Lagersekretär, als welcher ich das Schreibmaschineschreiben lernte.

In Hay wurde sehr schnell eine Lagerschule eingerichtet, die zum »*Melbourne School Leaving Examination*« führen sollte, dem australischen Abitur. Ich hatte in London vom Januar bis Mai 1940 einen Kurs für das »*London Matriculation Examination*« mit einer guten Abschlussprüfung beendet, war dann aber kurz vor dem eigentlichen Examen, zu dem ich schon angemeldet war, interniert worden. Meine Bitte, die Vorprüfung als »*London Matric*« anzuerkennen, war von der Universität London abgelehnt. Also machte ich diesen Kursus für das Melbourner Abitur mit, bestand im März 1942. Wir wurden von eigenen Kräften unterrichtet und es war erstaunlich, wie viel tüchtige, kompetente Leute sich in solch einem Internierungslager finden. Erwähnen möchte ich nur meinen Freund und Lehrer Dr. Richard *Ullmann*[39], der als Germanist in China gewesen war. Er führte uns in den Faust ein. Er

---

39 Richard Ullmann (1904-1963); s. Claus Bernet: Artikel Ullmann, Richard Karl, in: BBKL Band XXVIII (2007), Sp. 1519-1525.

wurde Quäker, 1942 nach England entlassen, von deutschen Bomben verwundet, war der erste, der Nachricht von mir nach Hermannsburg vermittelte, als nach dem Zusammenbruch keine Post mehr ging.

In Hay gab es keinen evangelischen Theologen, wohl einen katholischen Priester. Daher bildeten wir Protestanten eine kleine Gemeinde, für die Adolf Eisenberg, Buchhändler aus Kassel, die Verantwortung übernahm. Wir hatten jeden Sonntag zwei Gottesdienste, einen evangelischen nach dem *Common Prayer Book*, den meistens ein Student hielt, der Anglikaner geworden war, und einen lutherischen, bei dem meistens Adolf Eisenberg, Richard Ullmann oder ein anderer die Ansprache hielt. Nach einigen Wochen wurde ich gefragt, ob ich nicht auch einmal die Predigt halten wolle. Ich habe mich lange gefragt, ob ich das dürfe, dann unter Beziehung auf Jeremia 1 (»… sage nicht, ich bin zu jung!« …) zugesagt und am 1. Advent 1940 meine erste Predigt gehalten. Text: Sach. 9,9: Tochter Zion, freue dich …

Wir trieben viel Sport; ich spielte Handball mit. Wir machten Musik, ein Prof. Hirschfeld schnitzte uns Blockflöten aus Bambus. Ob zur Freude der anderen, weiß ich nicht mehr. Er fertigte ein Xylophon an, auf dem einige sehr geschickt spielen lernten. Wir hatten Theater-Aufführungen. Unvergesslich eine *Macbeth*-Scene, bei der ein österreichischer Künstler in schrecklichem Englisch zitierte: »Iss siss ä dägger witsch Ei sieh before mie …?«

Und wir hatten bald einen »Lager-Song« (diese Sprache nannten wir »Hay-Kämpsch«):

> Say Hay for happy, when you feel snappy,
>   and you don't want to cry,
> Say Hay for happy, when you feel snappy,

and you don't want to die.
For you need not suffer große Not
for just the sight of one more slice of tasty Butterbrot …
That's all I remember …

Man wurde sehr geschickt im Handwerklichen: Jeder Nagel, den man fand, jedes Stück Holz, das noch herumlag, wurde gesammelt. Ich baute mir einen kleinen Spind mit mehreren Fächern an das Fußende meines Bettes, natürlich nach innen, bezog das Ganze von außen mit Papier, gegen den Sandsturm, hatte so eine kleine Ablage für Bücher, Hefte usw.

Stolz war ich auf meine Fertigkeit mit der Nadel. Knöpfe annähen kann jeder. Aber an die kragenlosen Militärhemden, die wir erhielten, aus demselben Stoff einen Kragen zuschneiden und so annähen, dass er saß, man ihn zuknöpfen konnte, so dass man fast wie ein Zivilist aussah, das verlangte schon mehr. – Die lange Hose, in der man interniert war, abschneiden, das war leicht. Aber aus dem Stoff dann ein Futteral für meine Blockflöte zu schneidern, wohlgemerkt, ein gefüttertes, zwiefach handgenäht, so dass es bist heute, 1993, hält, das hat mir manche Bewunderung eingebracht, besonders vom weiblichen Geschlecht.

Zu Weihnachten war es so heiß, dass man nicht mehr barfuß auf dem Sand laufen konnte. Aus alten Autoreifen fertigten einige von uns Sandalen an, die »Jesus-Latschen« genannt wurden. –

Die acht Monate in Hay waren für mich im Rückblick geprägt von dem neuen Kontinent, Sonnenuntergängen, Sandstürmen, Hitze, dann vom Einleben in diesem Lager. Der Krieg war weit weg. Das Neue dominierte. Die Schwere der Internierung kam später. – –

20. Mai 1941 – 17. September 1942: *Tatura, Camp 2 B*

Das neue Lager, etwa 90 Meilen nördlich von Melbourne, war landschaftlich schöner. »Bäume und Wiesengrün ... und der Ausblick auf einen See mit einer Bergkette dahinter ist wunderschön.« So schrieb ich am 7.6.1941. In der Lagerschule arbeiteten wir jetzt fleißig für das Melbourner Abitur, das im Dezember 1941 abgenommen werden sollte. Neu war hier der regelmäßige Besuch eines australischen lutherischen Pastors, Rev. *Strelan*[40], Nachkomme der lutherischen Auswanderer, die wegen der Einführung der Union in Preußen ausgewandert waren und sich in Australien wegen unterschiedlicher Auffassungen von Luthers Lehre in zwei Synoden gespalten hatten! –

Dieser Pastor Strelan war fasziniert, als er hörte, dass mein Vater auch Pastor sei und zudem in Hermannsburg wohnte. Denn es gab in Australien auch ein Hermannsburg, eine Missionsstation im Herzen der australischen Wüste, etwa wo heute Alice Springs liegt. Hermannsburger Missionare waren dorthin gezogen, um die Eingeborenen im Herzen von Australien zu bekehren!!! –

Die erste Frage von P. Strelan nach meinem Vater war, ob er etwa Freimaurer wäre! Als ich das verneinte, atmete er erleichtert auf: In Australien sind viele Geistliche Freimaurer und das ist für strenge Lutheraner eine schwere Sünde.

Pastor Strelan hat mir mit seinen Gottesdiensten viel gegeben. Ich höre noch heute, wie er uns Paulus auslegte: »I have learnt, in whatsoever state I am, therewith to be content.« (Phil. 4,11: Ich habe gelernt, mir genügen zu lassen, wie's mir auch geht.) Das traf! Seine orthodoxe Theologie habe ich allerdings damals schon nicht teilen können: »Wenn Bibel und Wissenschaft sich widersprechen, hat die Bibel recht und die

---

40 Pastor in Bendigo.

Wissenschaft unrecht, denn die Wissenschaft von heute ist der Irrtum von morgen. Aber Gottes Wort bleibt ewig!!«

»Die Länge trägt die Last.« – Jetzt erscheinen in meinen Briefen häufiger Andeutungen auf »Zeiten, in denen der Blick am Stacheldraht hängen bleibt«, »Zeiten der Depression, die in einer solchen Lage nur natürlich sind« – und dagegen die vielen Zitate: »Er hört die Seufzer deiner Seelen und des Herzens stilles Klagen ...« (EG 371,5).

Anfangs war ich der einzige, der im Lager eine Bibel und ein deutsches Gesangbuch hatte. Natürlich wurde sie oft ausgeliehen. Im Lager war ein besonders frommer Sektierer, Angehöriger einer Schweizer Sekte. Der Name? Irgendwas mit den »Engeln des Herrn«. Auch er lieh sich meine Bibel aus, meine Konfirmandenbibel mit Widmung meines Vaters vom 16.9.1935. Als ich sie eines Tages zurückerhielt, noch in Lager 8, als wir keinerlei Schreibpapier hatten außer – dem Klopapier, lag in meiner Bibel am Ende von Offenbarung Johannes, Kapitel 13, der folgende Abriss eines Klopapiers (ich habe ihn noch vor mir liegen!!):

A	100	O	114
B	101	P	115
C	102	Q	116
D	103	R	117
E	104	S	118
F	105	T	119
G	106	U	120
H	107	V	121
I	108		
J	109	H	107
K	110	I	108
L	111	T	119
M	112	L	111
N	113	E	104
		R	117
			666

Offbg. 13,18:   Wer Verstand hat, der überlege die Zahl des Tieres, denn es ist eines Menschen Zahl und seine Zahl ist 666.

Das war kein geringer Schock – zunächst! Dann entsann ich mich, dass das griechische Neue Testament ein anderes Alphabet hatte, erkannte dies also als eine zwar überraschende, aber keineswegs überzeugende Spielerei mit biblischen Zahlen, Buchstaben, Daten. Sie hat mich für alle Zeit vor ähnlichen Berechnungen der Zeugen Jehovas und anderer Sekten und Esoteriker gefeit. –

Eine andere, etwas anrüchige Geschichte mit diesem selben, sehr frommen Mann: Er schrieb dauernd Anträge auf Entlassung in die Schweiz. Der Kommandant wollte sie auch in Französisch haben, ich weiß nicht, warum. Also hörte ich eines Tages als Lagersekretär im »Orderly Room«, Lagerbüro, wie

Herr B. seinen Brief dem Major mit den Worten überreichte: »Here is your French Letter for you!« ‚French Letter' bedeutet im Englischen den »Pariser«, das Kondom!! Man kann sich vorstellen, wie die anderen im Büro gegrinst haben. –

Im Dezember waren die Prüfungen für das Melbourne *School Leaving Examination*. Die schriftlichen Arbeiten wurden von einem *Educational Officer* beaufsichtigt; für die mündlichen Prüfungen kamen Dozenten aus Melbourne ins Lager. Ich habe behalten, wie erstaunt ich war, als mich einer nach den »Pia desideria« von *Philipp Jakob Spener*[41] fragte, einem pietistischen Theologen des 17. Jahrhunderts! –

Im Januar 1942 kamen die Ergebnisse, per Zeitungsanschlag am Schwarzen Brett: German: Honours (mit Auszeichnung); Latein: Honours, French: Honours, Mathematik: Pass (bestan-

---

41 Philipp Jakob Spener (1635-1705), *Pia desideria*, zuerst Frankfurt am Main, 1676;eine kirchliche Progarmm- und Reformschrift.

den). Englisch: Fail! (durchgefallen!). Das konnte nur ein Druckfehler sein. In Englisch war ich seit langem Spitze. Es war kein Druckfehler. Ich war durchgefallen, durfte aber, da nur in einem Fach versagt, im März wiederholen und bestand. Aber wie tief dieser Schock saß, zeigt die Tatsache, dass ich drei Monate nicht den Mut hatte, diese Schlappe nach Hause zu berichten. Erst als ich bestanden hatte, schrieb ich ausführlich …

DAS VOLK, DAS IM FINSTERN WANDELT,
SIEHT EIN GROSSES LICHT; UND UEBER DIE DA
WOHNEN IM FINSTERN LANDE, SCHEINT ES HELL.

(JOS, 9, 2)

ZUR ERINNERUNG AN

W E I H N A C H T E N   1 9 4 1

IM

INTERNMENT CAMP TATURA

(AUSTRALIEN)

MIT DEN BESTEN WUENSCHEN:

DIE CHRISTLICHEN GEMEINDEN.

Das Jahr 1942 wurde das schwerste Jahr meiner Internierung. Nach dem doch noch bestandenen australischen Abitur begannen große Veränderungen im Lager. Als der englische Verbindungsoffizier für uns »*U. K. Internees*«, das heißt »Internierte aus dem United Kingdom, sprich: aus England«, ein gewisser Major Layton, eingetroffen war, behielten wir als die Quintessenz seiner Reden (immer unterbrochen mit der Frage: »Can you follow?«) den Satz: »The DUNERA cannot be a backdoor into Australia!« Also: Keine Aussicht auf Entlassung in Australien!

Aber am 22. Januar 1942 finde ich in meinem Tagebuch die Notiz: »Internees for Australian Labour Battalion«. Das heißt: Wir erhielten die Möglichkeit, uns für eine nicht-kämpfende Pionier- oder Arbeitseinheit der australischen Armee zu melden! Bei mir steht dahinter: »Ha, Ha!« – Natürlich löste diese Möglichkeit, aus der Internierung frei zu kommen, eine ungeheure Erregung im Lager der überwiegend jüdischen Emigranten aus. Und sie wurden wahrgenommen: »To join or not to join?« Das wurde – frei nach Shakespeare – die große Frage.

Viele Freunde nahmen sie wahr. Auch Adolf Eisenberg, der Leiter unserer evangelischen Gemeinde, mit dem ich inzwischen sehr befreundet war. Sein Schicksal: Vor 1933 war er mit einem deutschen Mädchen verlobt, durfte dann nach 1933 nicht heiraten. Wanderte aus nach England, kam nach Australien, trat in das australische *Labour Battalion*, später in die US-Armee ein, kam als G. I. in seine Vaterstadt Kassel, traf dort seine Braut, durfte als G. I. nicht heiraten, musste erst seine Entlassung aus der US-Armee abwarten. Dann habe ich seine Hochzeit im völlig zerstörten Kassel 1947 mitfeiern dürfen, wobei ich von Göttingen den Grenzübergang bei Eichenberg aus der englischen in die amerikanische Zone überstanden hatte …

Dann wurden die ersten Entlassungen nach England möglich. Am 28. Januar 1942 ging der erste Transport – und kamen »die Koscheren«. Ich weiß nicht mehr woher. Aber nun mussten in der Küche die Herde geteilt werden: Eine Hälfte war »koscher«. Jetzt erst erlebte ich orthodoxe jüdische Frömmigkeit. Eindrucksvoll am »jom kippur«: strenges Fasten, kein Tropfen Wasser, bis am Abend die ersten drei Sterne erschienen. Dann ein rauschendes Fest. – Eindrucksvoll, wenn sie ihre »Hora-Tänze« tanzten. Eindrucksvoll der Klang der »Schofar«, ursprünglich ein Widderhorn, dessen getragentraurige Melodie ich auf meiner kleinen Blockflöte heute noch blasen kann. Eindrucksvoll – aber fremd, fremd. Nichts von der Freiheit, zu der uns Christus befreit, in dieser Religion …

In diesem Lager lernte ich auch die *Quaker-Meetings* kennen, die Andachten der so sympathischen Quäker, die mir aus den Berichten der Zeit nach dem Ersten Weltkrieg bekannt waren: Kinderspeisungen … Aber diese Meetings? – Aus ihrer Überzeugung, dass in jedem Menschen das »innere Licht« lebt – in der christlichen Mystik heißt das: »Forsan scintilla latet« – kennen sie keine Priester, keine Prediger, keine Sakramente. Man sitzt zusammen im Kreis und wartet, bis und wie der Geist dem einzelnen eingibt zu reden! Das war furchtbar! In diesem Kreis war ein alter, ehrenwerter Professor. Auch ihm gab der Geist ein zu reden – oder war es das »Loquax senectus«, das geschwätzige Greisenalter? Ich vermutete damals schon das letztere und bin seither daher skeptisch gegen alle »charismatischen« Ergüsse …

Immer mehr Freunde wurden entlassen, auch Richard Ullmann, auch Dr. Ladewig, der zuletzt unsere kleine Gemeinde leitete. Am 17. Juli 1942 lese ich: »Ich werde jetzt sehr einsam sein.«

Im August 1942 kam der Schweizer Konsul aus Melbourne, der Vertreter der »Schutzmacht«, die die reichsdeutschen Internierten betreute. Für jüdische Emigranten war er nicht zuständig, wollte also wissen, wer in diesem Lager in seine Zuständigkeit gehörte ...

Jetzt musste ich mich entscheiden. Selbstverständlich war ich deutscher Staatsangehöriger, fühlte als Deutscher, hatte drei Brüder in der deutschen Wehrmacht. Aber ich war auch offiziell »Refugee from Nazi Opression«. Wer vom Schweizer Konsul vertreten werden wollte, hatte eine eidesstattliche Erklärung zu unterschreiben, dass er »in Treue zum Deutschen Reich und seiner Führung stehe« und bereit sei, sich bei nächster Gelegenheit repatriieren zu lassen! – –

Spätestens seit den Tagen der Luftschlacht über England, als die Emigranten in Campton Park über die Zahl der abgeschossenen deutschen Flieger jubelten, während ich an Gottfried dachte, wusste ich, dass ich nicht zu den Emigranten gehörte. Aber der Weg nach England, um im Ausland Pastor werden zu können, der war mir gewiesen. Und: »Wer seine Hand an den Pflug legt und schaut zurück, der ist nicht geschickt zum Reiche Gottes.« (Lk 9,62). Dieses Wort hatte mich im August 1939 bewogen, nicht nach Hause zu fahren. –

Jetzt brach dieser Konflikt wieder auf, und wie!

Ergebnis: Ich unterschrieb diese Erklärung und beantragte beim englischen Lagerleiter die Versetzung in das deutsche Lager, das dort nur als »Nazi Camp« geführt wurde. Meine Begründung: Dort sind lutherische Pastoren und Missionare, die mich in meiner theologischen Ausbildung fördern können. – Wie schwer mir diese Entscheidung fiel, die ja auch die Trennung von den wenigen Freunden im Emigrantenlager bedeutete, kann man sich denken.

Offenbar waren meine Überlegungen und Gespräche mit

Freunden nicht verborgen geblieben. Ich wurde gewarnt: Ich würde beobachtet, sei verleumdet, solle nicht mehr predigen. – Am 20. August war eine Gemeindeversammlung: »Nicht mehr im Vorstand!« – Am 28. August hatte ich den Antrag gestellt. Am 31. August bin ich »Tagesgespräch: Es ist herum.« So mein Tagebuch. Am gleichen Tag ein Gespräch mit dem *Colonel* (Lagerleiter): Der überredet mich, den Antrag zurückzuziehen. Man würde mich in Lager 1, dem Nazi Camp, nicht aufnehmen! –

Wie rabiat die Leute in Lager 1 waren, habe ich kurz danach erfahren: Ein gewisser Doktor Becker[42], Arzt in Melbourne und gleichzeitig »Ortsgruppenleiter« der Melbourner NSDAP, wollte in Lager 1 auch Lagerleiter werden, stänkerte dort so lange mit seinem Freund gegen die bestehende Lagerleitung, dass eines Nachts die »Schwarze Hand« kam: Er wurde in Decken eingewickelt und über den Zaun geworfen. –

Im Emigrantenlager konnte ich nicht bleiben. So wurde ich wenige Tage später, am 17.9. in das benachbarte, nur durch einen Stacheldrahtzaun getrennte Lager 2 A gebracht.

17. September 1942 – 7. März 1944: TATURA, Camp 2 A

Dieses Lager war überwiegend mit Italienern belegt, die zum Teil wie ich auf der *Dunera* aus England deportiert, zum Teil in Australien sesshaft und dort interniert waren. Die kleine Gruppe von Deutschen bildete ein echtes Sammelsurium: Eine Gruppe aus dem Lager 1, Freunde von Dr. *Becker*, einige Australien-Deutsche, einige ausgestiegene Seeleute, zum Teil mit kommunistischen Ansichten. Ich weiß nicht, welche höhere Weisheit uns zusammengewürfelt hat. Einmal kam sogar ein junger Soldat aus dem Afrika-Korps bei uns an,

---

42 Johannes Heinrich Becker (1898-1961).

wahrscheinlich ein Deserteur, der aus dem Mannschaftslager der Kriegsgefangenen herausgeflogen war.

Erst Jahrzehnte später erfuhr ich, dass es auch Kriegsgefangenenlager in unserer Nähe gab. Im Offizierslager schwitzte vier Jahre lang unter anderem *Wolf Graf von Baudissin*, der Vater der »Inneren Führung« in unserer Bundeswehr wurde[43].

Das Lager 2 A war nur durch einen einfachen Stacheldrahtzaun vom Lager 2 B getrennt. Man konnte also mit einzelnen Freunden aus dem bisherigen Lager sich am Zaun unterhalten. Das wurde für mich ein großes Glück. Ich hatte mich erst relativ spät mit einem Mitschüler unseres Abiturkurses angefreundet: *Heinz Kuehlenthal*[44]. Es wurde eine Freundschaft fürs Leben, die heute noch besteht. Sein Vater war evangelischer Christ, aber Jude, seine Mutter eine Deutsche. Trotz seiner Abstammung war der Vater in der kaiserlichen Marine bis zum Vize-Admiral aufgestiegen, war ein Freund von *Raeder*[45] und blieb durch dessen Einfluss den ganzen Krieg hindurch in Frankfurt am Main unbehelligt. Seine Söhne wanderten aus: einer nach Südafrika, der andere nach England.

Mit ihm hatte ich in endlosen Gesprächen meinen Entschluss überlegt. Er verstand mich wie kein anderer. Dass mein Entschluss uns trennen würde, war mir von Anfang an schmerzlich bewusst. Nun kam es anders: Bis zum 9. Dezember 1943, also fünfzehn Monate lang, haben wir uns immer wieder am Zaun getroffen, uns gesprochen, Nachrichten aus

---

43 Wolf Graf von Baudissin (1907-1993), General, Militärtheoretiker und Friedensforscher. War nach dem Zweiten Weltkrieg maßgeblich am Aufbau der Bundeswehr und der Inneren Führung beteiligt.

44 Heinz Kühlenthal (1919-1995), † in Australien.

45 Erich Raeder (1876-1960), Marineoffizier, Oberbefehlshaber der Kriegsmarine; trat am 30.1.1943 als solcher zurück. Im Nürnberger Kriegsverbrecherprozeß zu lebenslanger Haft verurteilt, 1955 aus gesundheitlichen Gründen entlassen.

der Heimat ausgetauscht, wo inzwischen unsere Eltern Kontakt gefunden hatten. So sehr ich mich für ihn freute, als er entlassen wurde, für mich war das ein harter Verlust. Monate später schrieb ich ihm einen zehn Seiten langen Brief, wohl um mir selber klar zu werden und seine Sorge zu zerstreuen, ich hätte meinen Entschluss bereut. Daraus nur wenige Sätze:

»Ich habe mich jetzt lange genug beobachtet und dabei immer dieselbe Erfahrung gemacht: Sobald von deutschen Siegen, deutschen Leistungen oder überhaupt vom deutschen Heer oder vom deutschen Volk die Rede war, schlug mein Herz schneller und unwillkürlich fühlte ich mich stolz. Wenn immer von deutschen Niederlagen oder Verlusten die Rede war, wenn immer ich von den Entbehrungen und Leiden der Heimat hörte, dann litt und trauerte ich mit ...«

Im Juli 1944, nachdem ich drei Monate im Lager 1, dem deutschen Lager, gelebt hatte, fügte ich diesem Brief ein Nachwort an. Auch daraus nur einige Sätze:

»Schon wenige Wochen nach meiner Ankunft hier machte ich eine Erfahrung, die mich anfangs recht erschütterte. Ich merkte immer deutlicher, dass ich auch in diese Umgebung nicht ganz hineinpasse. Bis zu einem gewissen Grade hatte ich das natürlich erwartet; aber was ich jetzt spüre, geht weit über das hinaus. Erst jetzt beginne ich zu erkennen, wie weitgehend ich mich in diesen vier Jahren verändert habe. Liedersingen z. B. begeistert mich nicht mehr wie früher, Sonnenwendfeiern lassen mich jetzt kalt. Wenn ich heute höre, wie manche hier dieselben Argumente führen, die ich selbst noch vor wenigen Monaten gebrauchte, fühle ich mich unwillkürlich in Opposition. Kurz, die nationalistischen Gedankengänge, die mich noch vor kurzem stark im Bann hielten, haben ihre Kraft über mich verloren ... Trotzdem bereue ich diesen Schritt nicht. Denn ich fühle, dass diese Entwicklung notwendig war, um den Zusammenbruch aller falschen Ideale und Vorstellungen herbeizuführen … Jetzt erst verstehe ich ganz, was es heißt, ein *Feirefiz*[46] zu sein …«

Doch zurück zum Lager 2 A. Auch in diesem Lager wurde ich der Sekretär des Leiters der kleinen deutschen Gruppe, des besagten Dr. Becker. In diesem »Büro« war nicht viel zu tun, außer Listen schreiben, Briefe übersetzen, Anträge tippen. Aber man lernte sich kennen: Dr. Becker hatte noch einen Vater, Arzt in Deutschland, der ihm vor dem Krieg riet, nach Hause zu kommen. Er aber blieb. Die NSDAP im Ausland war wichtig, siehe das Schicksal von *Wilhelm Gustloff*[47] in der Schweiz. Dr. Becker war überzeugter Nationalsozialist. Wir bekamen zu Weihnachten diese hübschen kleinen Hefte des Hilfswerks mit Bildern und Betrachtungen aus der Heimat. Auf der Rückseite eines solchen Heftes war der Vers abgedruckt:

»Der Herr ist noch und nimmer nicht von seinem Volk geschieden; er bleibet ihre Zuversicht, ihr Segen, Heil und Frieden. Mit Mutterhänden leitet er die Seinen stetig hin und her. Gebt unserm Gott die Ehre.«

Hier hatte unser Lagerleiter die Worte »Herr« und »Mutterhände« durchgestrichen und darüber gesetzt: der »Führer« und »Vaterhände«! Unvergessen, mit was für fanatischer Dummheit man auch zusammenleben musste. –

Die Italiener bildeten die überwiegende Mehrheit dieses Lagers. Unter ihnen fand ich bald Freunde. Meine kleine Flöte passte in ihr Orchester. Aus den Übungsstunden blieb mir

---

46 Feirefiz war der Halbbruder des Parzival, halb weiß, halb schwarz!

47 Wilhelm Gustloff (1885-1936); Nationalsozialist, wurde von David Frankfurter ermordet und als »Blutzeuge« Namensgeber der »Gustloff«.

unvergesslich – und nicht nur für Orchesterproben! – das »Insieme, ragazzi!«, unseres Maestro! – Dann lernte ich einen Studenten kennen, der Deutsch lernen wollte: *Ivaldo Antinori*. So übten wir ab Neujahr 1943 jeden Abend abwechselnd Deutsch und Italienisch. Wir hatten eine englisch-italienische Grammatik. Am 14.4.1943 war ich mit ihr fertig. Kein Wunder, wenn man vorher Latein konnte. –

Die Italiener waren brave Faschisten. Wir feierten die Gründung Roms am 21.4.; wir sangen die faschistische Hymne: »Salve, o patria d'eroi salve, o patria immortale! Son renati i figli tuoi colla fe nel ideale ...« (9.9. kapituliert Italien, 13.10. erklärt es Deutschland den Krieg!). Das Echo in unserem Lager: »Non si capisce piu niente!« Nun versteht man gar nichts mehr.

Beim Abschied von den Italienern schenkte mir ein Freund, Ieraci Natale, ein wunderschönes, großes deutsches Liederbuch: »Der deutsche Liederwald«, ohne Jahreszahl, aber mit Sicherheit aus dem 19. Jahrhundert. Seine Widmung: »Al mio amico germanese, 22.5.44«, und dann »A XXII mo«, das heißt: »Im 22. Jahr nach dem Marsch auf Rom«, mit dem die neue faschistische Zeitrechnung begann! Wie kam er an dieses heute wertvolle Buch? Von deutschen Auswanderern?

Mein Vesuch, in das deutsche Lager 1 versetzt zu werden, war 1942gescheitert. Im März 1944 wurde unsere kleine Gruppe aus uns unbekannten Gründen nach Südaustralien verlegt. Am 8.3.1944 kamen wir nach einer 36-stündigen Reise im Lager *Loveday* an, einem großen und schöneren Lager, in dem auch zwei lutherische Pastoren waren. Schon begann ich, mich im neuen Lager mit viel mehr Platz »häuslich« einzurichten, als ein Brief vom Schweizer Konsul kam: Mein Vater fragt bei der »Schutzmacht für deutsche Kriegsgefangene und Internierte«, wieso sein Sohn nicht in einem deutschen Lager ist, wo er theologische Lehrer finden könnte. Ich war selig! Offenbar dachte mein Vater genau wie ich, würde meine Entscheidung, ins Deutsche Lager zu gehen, billigen. – Jetzt brauchte ich den Antrag nur noch einmal zu stellen und wurde am 25. Mai 1944 in das Lager 1 versetzt.

In Lager 1 wurde ich freundlich aufgenommen und fand einen Platz in der Hütte, in der nur Abiturienten wohnten. Ein Dr. *Neumann* leitete einen in Berlin offiziell anerkannten Abiturkurs, in den ich sofort einstieg. Denn mein Abgangszeugnis aus der 8. Klasse des Wilhelm-Gymnasiums in Braunschweig war kein Abitur! Die Abschlussprüfung des Londoner Kurses war kein »London Matriculation«. Und das australische »*Melbourne School Leaving*« galt sicher in Australien als Abitur. Aber in Deutschland? – Da nutzte ich lieber die Zeit hier, um ein offizielles deutsches Abitur zu bestehen.

Das war mein Glück. Denn als ich in Göttingen 1946 meine Zeugnisse mit dem Lagerabitur vorlegte, meinte der Beamte, Dr. *Wiener*: »Sie haben ja viel gelernt. Aber auf dem Lagerabitur fehlt ein offizieller Stempel.« Nach dem Endsieg sollte der in Berlin eingeholt werden. – Dennoch wurde ich immatrikuliert. Als ich aber nach sechs Semestern von Bethel nach Mainz wechseln wollte, kam eine Absage! »Sie haben kein gültiges Abitur. Am besten, Sie machen die Ergänzungsprüfung«, die viele heimgekehrte Soldaten – wie mein Bruder Rolf[48] – auch machen müssen. – Ich war empört! Sollte ich mich jetzt zum vierten Mal auf ein Abitur vorbereiten? Zum Glück kannte ich die Anschrift unseres Kursleiters Dr. Neumann, schrieb ihm – und erhielt postwendend ein dickes Couvert mit allen von mir im Lager geschriebenen Abiturarbeiten. Respekt vor diesem weit denkenden Studienrat und seiner Mühe, alle Abiturarbeiten von Australien nach Deutschland

---

48 Rolf Gurland, * 1923, später Rechtsanwalt und Notar.

mitzubringen! – Ich reichte diesen Brief in Göttingen ein, wo inzwischen eine »Hochschulstelle zur Nachprüfung ausländischer Vorbildungsnachweise« (»Wiederholen Sie mal, Meyer!«) eingerichtet war. Lagerabiturzeugnisse kamen nicht nur aus Australien. –

Das Lager 1 war natürlich »reichstreu«! Man feierte die nationalen Feiertage: den 9. November, die Wintersonnenwende, den 30. Januar, Führers Geburtstag, den 1. Mai – noch 1945!! – Aber die Gespräche im Lager waren nicht anders als zu Hause: Viel vorsichtige Kritik an der Partei und ihren Größen, aber jetzt ging es vor allem um den Krieg, diesen Krieg! Wie wird der enden? An den Endsieg glaubte kaum noch einer. Aber was wird aus Deutschland? Was wird aus uns? –

Auch in diesem Lager ist die christliche Gemeinde eine kleine Minderheit. Unter uns Jungen ist keiner Christ. Ich bekomme als Theologe in spe manche spöttische Bemerkung, manche höhnische Frage zu hören. Und quäle mich: Warum bleibe ich oft so ratlos, so stumm?

Die Gespräche mit den Pastoren und Missionaren, deren Worte und Argumente mir ja allzu bekannt sind, erreichen mich nicht annähernd so wie die Fragen und Anklagen der Altersgenossen. Im theologischen Arbeitskreis lasen wir den alten *Hutterus Redivivus*, eine alte, streng orthodoxe lutherische Dogmatik[49]. Natürlich in Latein! Da war ich dran. Das Übersetzen machte wenige Schwierigkeiten. Die orthodoxe Theologie umso mehr – das sollte mein Glaube sein? Aber da fand ich mich nicht wieder. – Kam hinzu die Länge der Gefangenschaft, auch eine grüblerische Veranlagung. Die Glaubenszweifel wurden immer mehr, raubten den Schlaf.

---

49 Leonhard Hutter (1563-1616): *Compendium locorum theologicorum*, zuerst Wittenberg 1610.

– Nach endlosen Gesprächen und noch längeren, einsamen Runden beschloss ich, die Theologie aufzugeben. Nach meiner bisherigen Vita ein sehr schmerzlicher Entschluss.

Am 23.2.1945 beginnt mein Brief: »Mein lieber, teurer Vater! Mit diesem Brief werde ich Dir wehtun.« Dann eine lange Erklärung, warum ich die Theologie aufgebe … Der Brief kam nach Notiz meines Vaters am 29.1.1946 in Hermannsburg an. Da war ich schon zu Hause.

Anstelle der Theologie begann ich mit einem Altphilologen das Sanscrit und war fasziniert von den sprachlichen Zusammenhängen, die sich da auftaten. Ich begann auch Harmonielehre, aber beides bleiben nur allererste Eindrücke. Dann war der Krieg zu Ende.

Das aber stimmte nur für Europa. Im Fernen Osten ging es noch weiter. Die Engländer schickten noch Truppen nach Fern-Ost und auf einem leeren Truppentransporter wurden wir »U. K. internees« schon ab 1. Juli 1945 nach England zurückgebracht. Denn die Engländer mussten für unseren Aufenthalt in Australien bezahlen!

Die Rückreise führte durch den Panamakanal. Damit erlebte ich als junger Mensch eine Reise um die Welt. – Als wir diesen zum Teil sehr engen Kanal passiert hatten, wurde unser Schiff, das bisher mit Tarnfarbe gestrichen war, schneeweiß gestrichen. Ich fand es interessant zu beobachten, wie die Matrosen auf schmalen Brettern an langen Seilen am Schiffskörper auf- und abgelassen wurden, um das Schiff anzustreichen. Dies geschah vor Trinidad. Am Abend hatte ich starke Kopfschmerzen. Kein Wunder: Ich hatte – gegen den Rat der alten Seefahrer – allzu lange unter der Äquatorsonne gestanden – ohne Hut.

Am 2.8.1945 landeten wir wieder auf der Isle of Man. Werden wir nun bald entlassen? – Die Gerüchteküche kocht über:

In der englischen Zone herrscht Chaos: keine Nahrung, keine Arbeit, keine Wohnung, keine Verkehrsmittel. Montgomery[50] lässt keinen mehr rein!

Dennoch ging es plötzlich ganz schnell: Am 28.10. kamen wir in ein »London Reception Centre«, von wo aus Menschen aus aller Welt, Strandgut des Krieges, in ihre Heimatländer entlassen wurden.

Unvergessen ein Zwischenfall dort: Wir saßen eng gedrückt auf einem Lastwagen – und warteten. Erlebten die alte Landsererfahrung: »Die Hälfte seines Lebens wartet der Soldat vergebens.« Etwa zehn Jahre später lernte ich die Fortsetzung: »Und die andre Hälfte dann wartet brav der Ehemann.« – Also während wir warteten, kam ein englischer Soldat vorbei und fragte den Fahrer: »What have you got here today? Norwegians?« – »No, Gerries.« (Kurz für Germans.) Antwort des englischen Soldaten: »O, Herrenvolk!« – So tief saß der Spott. –

Nachts ging es über den Kanal bis Ostende. Die Fahrt von dort bis Wesel ein einziges Bild der Zerstörung. In Wesel auf einer schmalen Pontonbrücke über den Rhein. Kurze Pause, dann weiter bis Münster. Bei der Einfahrt in dieses Trümmerfeld verstummten im Zuge alle Gespräche. Wir hatten ja Bilder und Filme vom Luftkrieg gesehen. Aber dies war erschütternd: Etwa 20 Minuten fuhr der Zug nur durch Trümmer. Kein einziges Haus. Dann plötzlich, in den Ruinen des Bahnhofs, blieb der Zug stehen. Warten. Dann: »Alle aussteigen!« Auf dem Bahnsteig an einem kleinen Klapptisch saß ein englischer Offizier, neben ihm stand eine Sekretärin und gab jedem von uns ein unscheinbares Entlassungsdokument – und Essensmarken für zwei Tage. Damit waren wir entlassen. <u>Waren frei!!! – am 30.10.1945.</u>

---

50 Bernard Montgomery (1887-1976), britischer Feldmarschall.

Ja, wir waren endlich frei. Nach fünfeinhalb Jahren!! Aber – wohin jetzt? Das Rote Kreuz führte uns in einen Luftschutzbunker, den schon überfüllten »Hansabunker«. Als dort bekannt wurde, dass wir aus England kamen, hieß es: »Haste Zigaretten?« So lernten wir die Währung im Nachkriegsdeutschland kennen.

Kapitel 4 | Wieder zu Hause

4.1 Die Heimkehr

In Münster warteten wir zwei Tage auf unser Gepäck. Als es kam, fehlte mir ein Koffer. Das war sehr bitter, aber nicht zu ändern. Am 31.10. fand ich das Postamt, konnte nach Hause telegrafieren: »In Münster komme bald Heini Gurland.«

Es gab keine Kursbücher, keine genauen Abfahrtszeiten. Nur die Richtung konnten wir wählen: Nach Norden, Süden oder Osten? Ich wählte den »Bremer« Wagen, weil der über Hannover fahren sollte. Dort stieg ich um in den Hamburger Wagen, weil der über Celle fuhr. Am Donnerstag, dem 1. November, sollte unser Zug nachts um ein Uhr fahren. Die ganze Nacht habe ich gesessen, gestanden, gefroren. Am nächsten Morgen gegen halb acht ging es los. Gegen 16 Uhr war ich in Celle, wo ich mich ohne Fahrkarte durch die Sperre erklären musste. Dann ging ich zum Bahnhof der Privatbahn, die nach Hermannsburg fuhr, mit Umsteigen in Beckedorf. Den Weg dahin kannte ich noch von früher. Es war kalt und dunkel, also suchte ich den Warteraum auf. Der aber war brechend voll: fast nur Ausländer, Polen, Russen, ehemalige KZler und »D. P'«, »displaced persons«, Flüchtlinge. Da wurde geraucht, getrunken, die Luft war zum Ersticken. – Ich also rückwärts raus und wartete draußen – nicht ahnend, dass in diesem Warteraum meine Mutter und mein Bruder Rolf sitzen!! – Auf mein Telegramm hin hatte Mammchen Rolf aus Celle abgeholt, damit er zu Hause sei, wenn ich ankomme.

Gegen halb acht Uhr abends fuhr der Zug in Hermannsburg

ein. Ich sah Papa, mager geworden, und Lisalene, erwachsen geworden, den Zug erwartend. Dann das große, bewegende Wiedersehen, an dem auch die Menschen auf dem Bahnhof Anteil nahmen. Zu Hause setzte sich das fort: Dort traf ich noch Axel, Irmela[51], Onkel Ernst, Tante Hedda[52], Dita[53], Heddi[54] und Hans-Jürgen[55]. Gottfried war schon in Wuppertal auf dem Johanneum. Hier waren außer den beiden Brüdern vier junge Mädchen, eine davon meine kleine Schwester.

Der Winter 1945/46 war kalt, saukalt. Es gab kaum Kohlen. Der »Kohlenklau« von den Güterzügen wurde eine »lässliche Sünde«. Wir in der Heide bekamen kaum Kohlen. Uns wurden angekohlte Stämme zugewiesen, die wir selber schlagen und holen mussten. Angeschossene Feindbomber hatten ihre Bombenlast abgeworfen und damit viele Wälder in Brand gesetzt. Wir jungen Männer fuhren auf alten Fahrrädern, oft ohne Bereifung, in die Wälder, kamen abends schwarz wie Bergarbeiter nach Hause, hatten ein bis zwei Kubikmeter Holz an einem Waldweg aufgestapelt – und wenn es gelungen war, ein Fuhrwerk zu organisieren, war das Holz oft schon gestohlen, meistens von ehemaligen KZlern auf englischen Lastwagen.

Alle gesunden Heimkehrer wurden »dienstverpflichtet«. Ich hatte Glück, kam nicht in ein Bergwerk, sondern wurde Dolmetscher beim englischen Ortskommandanten. Da gab

---

51 Irmela von Benckendorff (1927-2004).
52 Hedda (Hedwig) Gurland (1901-1975), geb. Stahl; zweite Ehefrau Ernst Gurlands.
53 Dita (Edith) Gurland, * 1927, Tochter Ernst Gurlands, verheiratete Jahn.
54 Heddi (Hedwig) Gurland, * 1928, Tochter Ernst Gurlands, verheiratete Gregor.
55 Hans-Jürgen Gurland * 1930, Sohn Ernst Gurlands, später Professor der Medizin.

es nicht viel zu tun. Manchmal musste ich Hilferufe von einsamen Heidedörfern übersetzen, auf denen ehemalige Kzler plünderten, manchmal auch mordeten. Der Ortspastor von Hermannsburg, P. Hustedt[56], wurde am 6. Mai 1945 auf dem Weg zu einer Haustaufe im Außendorf ermordet. – Ein Flüchtling, der mit Heidebildern sein Brot verdiente, wurde wegen seines Fahrrads ermordet. – Als wieder einmal solch ein Hilferuf mit der Bitte um Schutz kam und von mir übersetzt wurde, hörte ich die Antwort des englischen Majors: »I went to war to kill Germans, not to protect them.« – So eine Antwort kann man nicht vergessen.

Noch im November 1945 fuhr ich per Fahrrad nach Meine und nach Braunschweig. Ich wollte die alte Heimat, alte Freunde wieder sehen. Es war erschütternd, wie viele alte Bekannte fehlten. Schlimmer noch in Braunschweig: In der völlig zerstörten Stadt hatte ich Schwierigkeiten, meinen alten Schulweg zu finden. Ich sah ganz neue Straßen … Mit Händen war zu greifen: Deutschland war ein besiegtes, zerstörtes Land. Die Willkür der Feinde regierte, von der Zumessung der Kalorien für den einzelnen und dem Abbau der Schwerindustrie bis zur problematischen »Entnazifizierung«. –

Aber wir lebten noch! Wussten zwar nicht, wieso? Aber wir lebten und das war schön, unbegreiflich schön! Und – die Nazis waren weg! Natürlich erlebten wir als damals Verfolgte diese Befreiung auch. Aber im Vordergrund des mühsamen Alltags stand das Elend eines völlig besiegten, zerbombten und in kleine Teile zerschlagenen Volkes.

Wir wohnten in drangvoller Enge. In der Etagenwohnung,

---

56 Karl Hustedt (1891-1945), vgl. A. Kurschat: Artikel Hustedt *Karl Friedrich Heinrich*, in: »Ihr Ende schaut an …«. Evangelische Märtyrer des 20. Jahrhunderts, hrsg. von Harald Schultze und Andreas Kurschat unter Mitarbeit von Claudia Bendick, Evangelische Verlagsanstalt Leipzig 2006, S. 319.

in der vor dem Krieg Onkel *Emil Bielenstein*[57], Tante *Sophie*
und deren kranker Sohn *Kurt* gewohnt hatten, lebten jetzt
zwei Familien, 15 Personen. Das gab natürlich Probleme.
Zwei Hausfrauen in einer Küche mit altmodischem Herd. –
Oft wussten wir nicht, wie wir am nächsten Tag satt werden
sollten. Zwar hatten wir bei einem Bauern in der Kartoffe-
lernte helfen können, hatten also meistens Kartoffeln. Aber
die Lebensmittelkarten waren klein. So suchten wir Pilze
und Beeren, sammelten von der Straße Zuckerrüben, die wir
nachts auf einer Honigpresse in der benachbarten Volkshoch-
schule zu Sirup pressen konnten …

Bedrückend und uns alle quälend war die lange, vergebliche
Suche nach einer neuen Pfarrstelle für Papa. Aber er war nicht
der einzige: Hunderte von Ostpastoren suchten eine neue Gemeinde! Man bot ihm Hermannsburg an, aber dafür fühlte
er sich zu alt und nicht gesund genug. Eine Magenoperation
hatte ihn kurz vor Kriegsende vor der O. T., »*Organisation
Todt*«, gerettet. Jetzt zerschlugen sich alle Angebote der Landeskirche. Nach einer zweiten Magenoperation in Celle starb
Vater am 27.2.1947 ganz unerwartet an einer Embolie. Für
uns war das eine Katastrophe: Alle fünf Kinder noch in der
Ausbildung. Lisalene hatte am Tage seines Todes ihr Abitur
bestanden, was er noch erfahren hatte. – Aber bald sahen
wir Vaters Tod anders: Für ihn war es eine Gnade. Ihm blieb
viel erspart.

Trotz aller Schwierigkeiten der Nachkriegszeit wurde das
Leben erstaunlich schnell wieder normal. Ich fing wieder an
mit Klavierstunde, sang mit im Kirchenchor. Mit dem fuhren
wir bis Uelzen, um aus dem »Messias« zu singen. – Im Chor
sangen natürlich auch einige sehr hübsche Mädchen. So kam

---

57 Emil Bielenstein (1858-1943), Pastor, verheiratet mit Sophie, geb.
    Gurland.

es, wie es kommen musste: Meine erste große Liebe! Das Tagebuch verrät es: »… dass ich des nachts nicht mehr schlafen kann, das hast nur du gemacht«. – Almut, eine Freundin meiner Schwester, war »goldig«. Sie war 15, ich war 25. Das Tagebuch meldet »Mondscheinspaziergänge«, »abholen von der Schule«, »Heidespaziergänge«, »Besuche« hin und her. Aber auch »lange Gespräche mit meinem Vater«, »mit ihrer Mutter«. – »Das war eine herrliche Zeit!« – Die Bibel lehrt: »Alles hat seine Zeit.« Ich habe Almut nicht geheiratet, aber wenige Jahre später habe ich sie mit Siegfried von Stackelberg getraut. Das wurde eine Familienfreundschaft, die bis heute hält.

Das kulturelle Leben blühte wieder auf: Konzerte, Vorträge. Der Höhepunkt war fraglos die Gründung der *Ev. Akademie Hermannsburg*. Bei einer Kaffeetafel in meinem Elternhaus, an der neben Onkel Ernst[58] viele Theologen aus Hermannsburg teilnahmen, entstand der Plan, eine Stätte ähnlich wie in Bad Boll zu schaffen, um die Menschen auch außerhalb der Kirche mit der christlichen Botschaft zu erreichen. Erstaunlich schnell wurde dieser Plan verwirklicht: Am 18. Juni 1946 kam *Hanns Lilje*[59] zur Gründungsversammlung. Am 25. September 1946 wurde die Akademie in Hermannsburg eröffnet. Pastor *Doehring*[60], ein ehemaliger Wehrmachtspfarrer, wurde ihr erster Direktor.

Die Akademie war bald über die Grenzen der Landeskirche hinaus bekannt und geachtet. Bekannte Politiker, Wissenschaftler und Journalisten kamen zu den Tagungen. Wir hörten *Hans Graf von Lehndorff*[61] über seine Arbeit als Arzt

58 Vgl. oben Anm. 27.
59 Hanns Lilje (1899-1977), lutherischer Theologe, Bischof der Hannoverschen Landeskirche.
60 Vgl. Johannes Doehring: Der Anfang und die Anfänge, in: Hans Storck (Hrsg.): Mut zur Verständigung. Fünfundzwanzig Jahre Evangelische Akademie in Loccum, Göttingen 1977, S. 11-45.
61 Hans Graf von Lehndorff (1910-1987), Dr. med.; besonders bekannt durch sein »Ostpreußisches Tagebuch« (München 1961).

im sowjetisch besetzten Königsberg. Wir hörten *Pascual Jordan*[62] über moderne Physik und den Glauben an Gott. Ich begegnete dort Frau *Waltraut Nicolas*[63], die als überzeugte Kommunistin mit ihrem Mann nach Russland emigriert war. Dort verschwand ihr Mann bei einer der mörderischen »Reinigungen«. Sie lebte jahrelang in Arbeitslagern und Gefängnissen – in denen sie zum christlichen Glauben fand! Ihr Buch »Hier wird Gott dunkel« schildert ihre erschütternden Erlebnisse.

Mit der Zeit in Hermannsburg enden meine Jugenderinnerungen. Man könnte vielleicht noch die Studentenzeit hinzuzählen. Aber die war für uns keine »alte Burschenherrlichkeit« mehr. Das Korpsleben, von dem noch mein Vater geschwärmt

---

62 Pascual Jordan (1902-1980), bedeutender Physiker; auch als Autor zur Beziehung zwischen Naturwissenschaft und religiösem Glauben hervorgetreten.

63 Waltraut Nicolas (1897-1962). Ihre Memoiren »Hier wird Gott dunkel« wurden zuerst Stuttgart 1952 veröffentlicht.

hatte, bei der baltischen *Curonia*, war für uns undenkbar. Wir hatten viele Jahre verloren, wollten schnell studieren, schnell fertig werden, schnell in den Beruf. Aber mir gelang das nicht. Daher erzähle ich nur kurz von meinem Studium.

4.2 Mein Studium

Im Sommersemester 1946 in Göttingen zugelassen zu werden, war nicht einfach. Mein Entnazifizierungs-Fragebogen war schnell und befriedigend ausgefüllt: Aber mein Abitur? Da gab es Probleme. Ich konnte vier Zeugnisse vorlegen:

1.   das Abgangszeugnis des *Wilhelm Gymnasiums* in Braunschweig vom Mai 1939, aus der 8. Klasse
2.   das sehr gute Zeugnis der Londoner »*Matriculation Day Clas*« vom Mai 1940
3.   das »*Melbourne School Leaving Certificate*« vom März 1942
4.   das »Lagerabitur« vom 1. November 1944. Aber bei diesem »Reifezeugnis einer Deutschen Oberschule« fehlte – ein Stempel! Der sollte eigentlich nach dem Endsieg in Berlin eingeholt werden.

Aber ein Herr Dr. Wiener in der Zulassungsstelle war beeindruckt: »Sie haben genug gelernt. Sie dürfen studieren.« So begann ich im Sommersemester 1946 als stud. phil. Aber ich fand ganz schnell zu Theologie zurück. Anstoß war eine Bibelstunde über Jesaja 6: »Wen soll ich senden?« – »Sende mich!« –

In diesem kurzen Sommersemester machte ich beide Sprachprüfungen: das *Hebraicum* und das *Graecum*. Griechisch hatte ich ja schon im Lager begonnen, hatte schon mit

»*Rieneckers Sprachschlüssel*«[64] etliche Seiten im griechischen *Neuen Testament* gelesen.

Der Vertrauensstudent in unserer Studentengemeinde war Eduard Lohse[65], mein späterer Landesbischof. Ich half bei den Bibelstunden als Küster in St. Albani.

Im Wintersemester 1946/47 traf uns ein ganz harter Schlag. Mein Vater war im Februar 1947 noch einmal am Magen operiert. Diese Operation war gelungen und ich wollte meinen Vater besuchen, ehe er entlassen wurde. Also machte ich mich am 28. Februar früh morgens auf den Weg. In Göttingen hatte ich Schwierigkeiten, mit meinem großen Koffer in den überfüllten Zug nach Celle hineinzukommen. Gegen 8 Uhr war ich in Celle, viel zu früh, um einen Besuch zu machen. Aber den Koffer wollte ich gerne im Krankenhaus absetzen. Die Schwester beim Empfang bat mich in ein Nebenzimmer. Dort begrüßte mich eine Oberin und sagte mir: »Ihr Vater ist gestern Abend ganz unerwartet an einer Embolie gestorben.«

Ich durfte da bleiben, um auf meine Mutter zu warten. Die hatte am Tag zuvor Vater besucht und schon Pläne für eine Kur mit ihm besprochen. Kaum war sie in Hermannsburg zu Hause, als Pastor *Wesenick*[66] sie besuchte. »Wie nett, Sie wollen gewiss von meinem Mann hören. Ich komme gerade von ihm. » – »Liebe Frau Pastor, ich habe eben die Nachricht erhalten, dass Ihr Gatte ganz unerwartet gestorben ist.« – So machte sich meine Mutter ganz alleine auf und traf in Celle wenigstens einen ihrer Söhne. –

Zum Wintersemester 1947/48 wechselte ich nach Bethel.

---

64 Fritz Rienecker: *Sprachlicher Schlüssel zum Griechischen Neuen Testament*, zuerst Gießen 1938.

65 Prof. Dr. Eduard Lohse (1924-2008), Neutestamentler in Göttingen, später Landesbischof in Hannover.

66 Hans-Robert Wesenick (1904-1988), 1959-1974 Direktor der Hermannsburger Mission.

Eine Göttinger Kommilitonin hatte mir diesen Tipp gegeben. In Bethel sei es doch etwas ruhiger als im überfüllten Göttingen. Das stimmte und so fühlte ich mich in dem frommen und ruhigeren Klima dort sehr wohl. Eine der prägnantesten Persönlichkeiten im Lehrkörper, Prof. *Girgensohn*[67], war ein Studienfreund meines Vaters in Dorpat gewesen.

Zu meiner Überraschung wurde ich im Sommersemester 1948 zum Senior der Studentenschaft gewählt und Frl. *Ilse Länger*, die mir den Bethel-Tipp gegeben hatte, wurde »Seniorita« der Studentinnen. In dieses Semester fiel die Währungsreform, die uns viele Probleme brachte. In diesem Semester tagte in Bethel auch die Synode der EKD und wählte Bischof *Dibelius*[68] zum Ratsvorsitzenden. Das war der Anlass für uns, den wahrscheinlich ersten Fackelzug nach dem Krieg zu organisieren – mit selbst gebastelten, ziemlich qualmenden Fackeln ...

Das Studium in Bethel war ruhiger als in Göttingen. Hier gab es weniger Ablenkungen, aber auch hier wurde konzentriert gearbeitet, denn nach jedem Semester drohten Fleißprüfungen, ohne die es keine Ermäßigung der Studiengebühren gab. – Ein Zitat aus einer Vorlesung über den 1. Korintherbrief zeigt eine so herrliche Freiheit vom Buchstaben des Textes, dass es nicht vergessen werden darf. Zu der Stelle 1. Kor. 7,38 b: »Wer nicht verheiratet, tut besser«, gab der Exeget, P. *Wilhelm Brandt*[69], nur einen kurzen Kommentar. Er trat vom Pult zurück, nahm die Brille ab und sagte: »Paule, Paule, hast du 'ne Ahnung!« –

---

67 Herbert Girgensohn (1887-1963), baltischer Theologe, wirkte in Riga und Posen, später Professor in Bethel.
68 Otto Dibelius (1880-1967), Generalsuperintendent der Kurmark, Bischof von Berlin-Brandenburg, Ratsvorsitzender der EKD.
69 Wilhelm Brandt (1894-1973), 1927-1941 und 1945-1958 Dozent und langjähriger Leiter der Kirchlichen Hochschule Bethel.

Nach drei Semestern in Bethel hatten sich »Senior« und »Seniorita« so gut kennen und schätzen gelernt, dass wir uns in den Ferien verlobten.

Die Feier sollte in Hermannsburg sein, denn es wurde eine Doppelverlobung: Gottfried verlobte sich mit *Margot Fehne-*

mann aus Bremen, wo er als Landesjugendwart sie in der Jugendarbeit kennen gelernt hatte. Nur ein Schatten fiel auf dieses Fest: Unsere Schwester wollte am selben Tag ihren 21. Geburtstag feiern. Der trat nun trotz aller Glückwünsche in den Hintergrund. – Dennoch wurde der 17. April, der Ostersonntag 1947, ein großes Familienfest.

Zum Sommersemester 1947 wechselten wir nach Mainz. Die Probleme, dort zugelassen zu werden, habe ich in Kapitel 3 erzählt. Wir bleiben dort nur ein Semester, denn ich hatte schon die Zusage zu einem Studienjahr in USA. Der Weltkirchenrat hatte fast mehr Stipendien angeboten als Bewerber sich fanden. Alle ehemaligen Kriegsteilnehmer wollten schnell fertig werden. Aber da ich England und Australien schon erlebt hatte, war mir der Gedanke, nun auch noch die USA kennen zu lernen, allzu verlockend.

Zum Kummer meiner Braut, die nun in Göttingen weiter studierte, fuhr ich im Herbst für ein Jahr nach Minneapolis auf das *Northwestern Lutheran Seminary* der *United Lutheran Church.* Gleichzeitig konnte ich einen Kursus über Kierkegaard auf der University of St. Paul belegen. – Natürlich wurde das ein faszinierendes Erlebnis. Es war sehr anders als in Bethel oder Göttingen. Die Hälfte der Studenten war verheiratet und/oder fuhr ein Auto! Es dauerte nicht lange, bis ich die Formulierung fand: Dies ist eine Berufsschule für Pastore! In vielen praktischen Dingen vorbildlich, zum Beispiel in »stewardship«, etwa gleich Gemeindeführung und Werbung. Fast verräterisch war mir ein Zitat: »Boys, you want to sell the Gospel.« Ihr müsst das Evangelium verkaufen, fast wie eine neue Seife oder ein neues Auto. –

Ich fand dort einen meiner besten Freunde, *Dennis K. Koch*[70], von deutscher Abstammung, etwas jünger als ich. Er war am 8. Mai 1945 von der US Armee eingezogen worden. Sein Kommentar: »Am Tage, als ich zur Armee kam, gab Deutschland auf.« Er ging übrigens nach dem Studium für sechs Jahre als Missionar nach Japan. Überhaupt ging meines Wissens fast die Hälfte der Absolventen in die Mission! Das nur noch zur »Berufsschule«! –

Ein letztes Zitat aus jenem Seminar im Blick auf die lange Zeit unserer Ausbildung: »You are wasting your time sharpening your tools«. Ihr verschwendet eure Zeit damit, euer Werkzeug zu schärfen. – Ich beendete dieses Seminar als »Bachelor of Divinity«, auf einem Plakat groß ausgedruckt und mit einem goldenen Siegel. Eine alte, kluge Tante übersetzte die beiden Buchstaben hinter meinem Namen als »Göttlicher

70 Dennis K. Koch, später Pastor in den USA (1924-2007).

Junggeselle«. Ich ließ sie daraufhin meistens weg, diese Buchstaben natürlich! –

Nach der Rückkehr aus Amerika studierte ich noch ein Wintersemester in Heidelberg bei Prof. *Schlink*[71], während meine Braut in Göttingen blieb. Damit hatten wir beide unsere sechs Pflichtsemester studiert und konnten uns nun auf das Examen vorbereiten. So machte ich den Vorschlag, wir könnten doch unsere teuren Studentenbuden aufgeben, heiraten und bei *Ilses Mutter*[72] wohnen und dort gemeinsam für das Examen pauken. Als wir das Ilses Mutter auf einem schönen, langen Spaziergang auf dem Butterberg bei Bad Harzburg vorschlugen, meinte sie, ich hätte doch lieber Jurist werden sollen bei dieser Überredungskunst. – Aber sie willigte ein, wofür wir ihr sehr dankbar waren. Am 4. März 1951 haben wir dann in Bad Harzburg geheiratet, getraut von Pastor *Reischauer*[73], der Ilse schon konfirmiert und Ilses Vater beerdigt hatte. Zur Hochzeitsfeier räumte eine Flüchtlingsfamilie, die neben Ilses Mutter wohnte, ihre Wohnung, so dass wir viele Verwandte einladen und ein großes Fest feiern konnten. Danach wohnen wir natürlich sehr beengt, in einem einzigen Zimmer mit vier Türen, heizbar nur durch einen Petroleumofen! Aber wir bestanden unsere Examen, Ilse zuerst im Herbst 1951 – sie hatte mich natürlich während meines Jahres in USA überholt! –, ich im Frühjahr darauf. Dann folgte für mich ein halbes Jahr Vikariat in Hermannsburg und zwei Jahre Predigerseminar, zuletzt in Hildesheim. Ilse erlebte nach dem Examen, das sie gut bestand, eine herbe Enttäuschung: Während allen Examenskandidaten nun gratuliert und ihnen ihre künftige Gemeinde genannt wurde, blieb es bei Ilse nur beim herzlichen

71 Edmund Schlink (1903-1984), Systematiker.
72 Hildegard Länger (1897-1996), geborene Nebe.
73 Hans Reischauer (1902-1970); Pastor und Propst in Bad Harzburg.

Glückwunsch und Gottes Segen! – Als sie fragte, wohin sie denn nun käme, ihre Ausbildung fortzusetzen, antwortete ein netter alter Oberlandeskirchenrat, ein Freund ihres Vaters: »Ach, Frau Gurland, stören Sie mir nicht meine Kreise.« Die Zeit war noch nicht reif für Frauen auf der Kanzel. –

Zum Glück kam in derselben Stunde die Anfrage des Direktors der Schlossschule in Wolfenbüttel nach einem Religionslehrer oder einer Religionslehrerin. So kam Ilse in den Schuldienst, in dem sie lange und sehr erfolgreich arbeitete bis zu ihrer Pensionierung. Pause machte sie nur in den Jahren, in denen unsere drei Kinder sie brauchten. Kaum war die Jüngste konfirmiert, ging sie wieder in den Schuldienst, anfangs in der Grundschule, dann in der Unterstufe des Gymnasiums, zuletzt nur noch in der Oberstufe, mit Abiturprüfungen. In der Oberstufe gab es die alten Klassen nicht mehr. Stattdessen sammelten sich die Schüler in kleinen Gruppen nach ihrem Schulfach. Die wurden von einem selbst gewählten Tutor betreut, der etwa die Rolle des alten Klassenlehrers übernahm. Auch Ilse wurde von einer solchen Tutandengruppe als Tutorin gewählt. Die besuchte Ilse noch lange nach dem Abitur, einzelne noch nach zwölf Jahren.

Am 21. Oktober 1954 wurde ich in Bodenteich ordiniert, Onkel Max von Bordelius[74], der 1913 zusammen mit meinem Vater ordiniert worden war, kam und schenkte uns unser erstes Gästebuch, heute eine Fundgrube für Erinnerungen.

---

74 Vgl. Anm. 29.

4.3 Meine Amtsjahre

Meine erste Gemeinde war <u>Bodenteich, Kreis Uelzen</u>, ein Kirchspiel, zu dem außer dem Hauptort, heute Bad Bodenteich, noch 17 Außendörfer gehörten: Lüder (mit eigener Kirche), Reinstorf, Röhrsen, Neu-Lüder, Langenbrügge, Schafwedel, Flinten, Bomke, Overstedt, Häcklingen, Bodenteich-Heide, Thielitz, Soltendieck, Heuerstorf, Kuckstorf Kattien und Abbendorf! – Kein Wunder, dass mich meine Geschwister »Bischof von Bodenteich« nannten.

Im ersten Halbjahr machte ich alle diese Wege mit dem Fahrrad, nur zu Bibelstunden und Amtshandlungen wurde ich abgeholt. Mit der Festanstellung erkämpfte ich mir auf dem Landeskirchenamt in Hannover die Erlaubnis, einen Volkswagen privat zu kaufen. Man wollte mir anfangs nur einen Lloyd, einen »Leukoplastbomber« genehmigen. Der aber war bekannt als allzu reparaturanfällig.

Als man mir auf der Ordinandenrüstzeit in Loccum diese Gemeinde zuteilte, meinte der Personalchef, Olkr Ködderitz[75]: »Die ist ja ein bisschen groß. Aber Sie haben ja eine Theologin zur Seite. Dann mag es gehen. Sonst sagen Sie Bescheid.« –

Kirche

Es ging, ging sogar sehr gut, so dass der Propst in Uelzen mir noch für etwa ein Jahr das benachbarte Kirchspiel

75 Oberlandeskirchenrat Walter Ködderitz (1898-1980).

Nettelkamp-Wieren in Vertretung zumutete. Aber ich war glücklich. Endlich, endlich am Ziel. Und nicht allein!

Bodenteich hat eine riesige Kirche mit etwa 900 Plätzen, also eine »Weihnachtskirche«, und einen hohen Kirchturm, der von weit her die Landschaft prägt. Aber in diesem Turm hing nur eine kleine Glocke. Als ich den Turm bestieg, sah ich, dass das Gebälk für drei Glocken gebaut war. Also plante ich mit dem Kirchenvorstand die Ergänzung des Geläuts. Der Malermeister malte ein schönes Spendenthermometer, das an der Kirche hing und schnell die guten Ergebnisse anzeigte. Als die beiden Glocken am Bahnhof angekommen waren, wurden sie bekränzt und auf einem Pferdewagen in einer feierlichen Prozession zur Kirche gebracht. –

Mein zweites Vorhaben in Bodenteich war der Bau einer Friedhofskapelle. Früher war die Beerdigung so geordnet, dass der Verstorbene von seinem Hof abgeholt und auf dem Friedhof bestattet wurde. Danach ging man zum Trauergottesdienst in die Kirche. Da direkt neben der Kirche ein Gasthaus war, fanden immer weniger Trauernde den Weg in die Kirche. Daraufhin änderte mein Vorgänger die Ordnung und hielt den Trauergottesdienst vor der Bestattung. Dafür stand aber auf dem Friedhof nur ein alter Geräteschuppen zur Verfügung, in den man ein paar Bänke stellte. Die meisten Trauernden blieben draußen und in diesem Schuppen war es auch nicht würdig. Also planten wir eine neue Kapelle. Der Architekt *Schlockermann*, der in Uelzen die Marienkirche mit ihrem hohen Turm nach dem Krieg wieder aufgebaut hat, machte uns einen sehr hübschen Entwurf, die Tochter des Propstes, *Renate Strasser*, brachte ein Mosaikbild des Auferstandenen an die Wand hinter dem Altar. Es war eine bildhübsche, kleine Kapelle. Leider zu klein! Als ich nach vielen Jahren Bodenteich besuchte, war diese kleine Kapelle wieder ein Geräteschuppen und daneben stand eine größere Kapelle, die von außen jedenfalls an eine Scheune erinnerte. Das tat weh …

Als ich im Jahre 2005 zur Goldenen Konfirmation meines ersten Konfirmandenjahrgangs nach Bodenteich eingeladen wurde, staunte ich nicht schlecht: Ich hatte damals, Palmarum 1955, tatsächlich 139 Kinder konfirmiert. Die waren damals etwa 14 Jahre alt, also Geburtenjahrgang – 1941! Nach dem Sieg über Frankreich.

Was unserer Zeit in Bodenteich einen ganz besonderen Glanz verlieh, war natürlich die Geburt unserer drei Kinder: Hans-Martin kam am 30. Dezember 1955. Klaus am 7. September 1957 und Christiane am 27. Februar 1959. Das Glück und die Dankbarkeit, drei gesunde Kinder zu haben, lassen sich kaum beschreiben. Dabei soll die Arbeit, die besonders die Mutter in diesen Jahren zu leisten hatte, nicht verschwiegen sein. Zum Glück hatten wir immer gute Hilfen: Ilses Mutter[76] – bei Hans-Martins Geburt 58 Jahre jung – und unsere »Mani«, Frau *Meyer*, eine Flüchtlingsfrau, die früher Mamsell gewesen war und nun mit ihrem Sohn in unser Pfarrhaus einziehen konnte. In Hildesheim hatte Ilse jahrelang Praktikantinnen. –

Meine letzte Amtshandlung in Bodenteich war die Taufe unserer Tochter Christiane am 26. April 1959. – – –

Meine zweite Gemeinde war *St. Michael in Hildesheim*. Mein ehemaliger Studiendirektor Dr. *Gerhard Heintze*[77], jetzt Stadtsuperintendent in Hildesheim, hatte mich aufgefordert, mich um die frei werdende Stelle St. Michael II zu bewerben. Es wurde eine klassische Pfarrwahl: der Kirchenvorstand wählte aus den fünf Bewerbern drei aus, die eine Probepredigt halten mussten. Dann wählte die Gemeinde. – Ich war natürlich

---

76 Hildegard Länger, geb. Nebe, s. Anm. 72.
77 G. Heintze (1912-2006), später Landesbischof in Braunschweig.

ein wenig stolz, dass die Wahl auf mich gefallen war, obwohl ich wusste, dass ich keine leichte Nachfolge antrat: Mein Vorgänger, Dieter Andersen, war uns als Studentenpastor und als hinreißender Prediger bekannt. Jetzt war er zum Studiendirektor in Loccum ernannt; später wurde er Landessuperintendent und a. o. Landesbi-

schof in Hannover zur Unterstützung von Bischof Lohse, der viel ökumenisch unterwegs war. Dabei wurde der einmal

bei einem vornehmen Treffen in London vorgestellt als »The Lord Bishop of Hannover«. – In Hildesheim blieb Andersen als »P. A.« unvergessen.

Schwerpunkte dieser Zeit waren neben einer intensiven Gemeindearbeit der Bau des neuen Gemeindezentrums am Ulmenweg: Kindergarten, Gemeindehaus und Pfarrhaus. Der Entwurf war von Architekt Steinborn gezeichnet, vom Kirchenkreis genehmigt und nun begannen die Ausschreibungen und die Bauarbeiten.

Die andere zusätzliche Aufgabe war die Betreuung der drei Patengemeinden in der DDR, die St. Michael-Süd zugeteilt waren: Obercunnersdorf, Oppach und Rennersdorf, alle in der Oberlausitz. Ich hatte am 13. August 1961 während des Hauptgottesdienstes in St. Michael von dem Mauerbau in Berlin erfahren: Vor den Abkündigungen teilte mir der Küster, *Fritz Semmler*, leise mit: »In Berlin wird eine Mauer gebaut. Panzer fahren auf!« – Ich nahm dies noch in das Fürbittgebet für den Frieden auf. – –

Danach wurde die Betreuung unserer »Partnergemeinden«, wie sie nun genannt wurden, immer wichtiger. Zu unserer Freude erhielten wir die Einreisegenehmigung zum Besuch in Obercunnersdorf, wo die schöne große Kirche auch mit Material, das wir geschickt hatten, renoviert wurde. Termin war der 28. Oktober 1962 – genau zur Zeit der Kuba-Krise. Als wir am 26. Oktober (?) abends mit der Bahn losfahren wollten, ging das Telefon: Superintendent *Heintze* bat mich, angesichts der kritischen Nachrichten nicht zu fahren. »Wenn es kritisch wird, brauchen wir Sie hier.« Nach einigen Stunden noch mal ein Anruf: »Haben Sie die Nachrichten gehört? Die Russen ziehen ab. Ich denke, Sie können jetzt fahren, aber lassen Sie Ihre Frau hier, bei Ihren Kindern.« Also fuhr ich nur mit unserer Bürokraft, Tante Löffler, die seit Jahren die Betreuung der Patengemeinden lenkte, ohne meine Frau, die aber ein paar Tage später nachkommen konnte. Das war wichtig, einmal um des menschlichen Kontakts willen und weil sie daran dachte, die Kleidungsgrößen der drei Pfarrerfamilien und ihrer Kinder zu notieren …

Bischof Bernward, der Erbauer der Michaeliskirche, war 960 geboren. Also wurde 1960 ein »*Bernwardsjahr*« gefeiert. Zu diesem Anlass wurde die berühmte Holzdecke, der »Jesseboom«, der vor der Zerstörung Hildesheims ausgelagert war, nach jahrelanger Renovierung wieder eingehängt. Ein großes Gemeindefest feierte nun zum dritten Mal die Einweihung von St. Michael. Vorher waren die Fertigstellung des Mittelschiffs und die des Ostchores der Anlass gewesen. Jetzt war St. Michael in alter Pracht erstanden und wir konnten uns vor Besuchern, Führungen und Trauungen kaum retten.

Eine zusätzliche Belastung in dieser Zeit war der Unterricht am *Andreanum*, zu dem der Michaelispastor traditionsgemäß eingesetzt wurde. Am 1. Mai 1959 war mein Dienstantritt in Hildesheim. Aber das war kein Feiertag, sondern ein »Jugendausflug zu den *Bodensteiner Klippen*«. Und am Montag, dem 2. Mai, hatte ich am *Andreanum* drei Stunden zu unterrichten! – Zum Glück hatte ich schon im letzten Jahr in Bodenteich am *Lessing Gymnasium* in Uelzen einige Erfahrungen in der Schule gesammelt.

Je näher die Fertigstellung des Gemeindezentrums am Ulmenweg kam, desto mehr beschäftigte mich die Frage: bleiben oder gehen? Eine Kanzel wie an St. Michael aufzugeben, das fiel mir nicht leicht. Der Superintendent tröstete mich: Sie kriegen aber ein sehr schönes Gemeindezentrum, ein neues Pfarrhaus und eine gute Gemeinde. So ging alles seinen geordneten Gang: Ein Teil von St. Michael-Süd wurde von St. Michael abgetrennt zur neuen Markusgemeinde und ich wurde ihr erster Pfarrer. Am 16. Dezember 1964, acht Tage vor Heilig Abend, zogen wir in das neue Pfarrhaus ein. Ilse seufzte verständlicherweise über diese Hektik. Aber die Entscheidung für Markus erwies sich als richtig, als sehr richtig. – – –

Damit bin ich bei meiner dritten und letzten Gemeinde, der *Markusgemeinde in Hildesheim*. Das Gemeindehaus war am Palmsonntag, dem 22. März 1964 – dem 19. Jahrestag der Zerstörung Hildesheims am 22. März 1945 – festlich eingeweiht. Der Kindergarten war seit 1961 in Betrieb und immer überfüllt. Der ursprünglich geplante Kirchbau wurde bald ganz aufgegeben. Wir hatten ja im Gemeindehaus einen sehr schönen Gottesdienstraum mit einer kleinen Orgel und einem daneben stehenden Glockenträge mit einer Glocke.

Vom ehemaligen Oberbürgermeister Dr. Ehrlicher stammt das Wort: »Die moderne Betonkirche *Zwölf Apostel* mag ich nicht. Da ziehe ich unsere kleine ‚Puschenkirche‘ am Ulmenweg vor.«

Tatsächlich hatte ich die Sorge, ob die stolzen »Michaeliten«, die zum Teil mit ihren Händen am Wiederaufbau von St. Michael mitgearbeitet hatten, den Abschied von St. Michael akzeptieren würden. Die Sorge war unbegründet. Nur beim ersten Konfirmandenjahrgang wollten einige Eltern die Konfirmation ihrer Kinder in St. Michael haben. Die wurden also zusammen mit den Konfirmanden von St. Michael-Süd von mir am 21.3.1965 in St. Michael konfirmiert, die anderen am 28.3.1965 in Markus.

Das Gemeindeleben blühte auf. Wir hatten einen sehr guten Kirchenvorstand, einen aktiven Vertrauensfrauenkreis, einen Bastelkreis, einen Frauenkreis, den Ilse sammelte und sogar eine Diakonin. Im Kindergarten war es besonders Frau *Elke Brünig*, die als Leiterin diese Arbeit bewusst als Teil der Gemeindearbeit ansah und bei Familiengottesdiensten und kirchlichen Festen viel beitrug. In meinen letzten Jahren war es für die Gemeinde und für mich und meine Frau ein Glücksfall, dass wir als Diakonin Frau *Christine Kunze* bekamen. In der Jugendarbeit, beim Konfirmandenunterricht und bei Freizeiten war sie unersetzlich. Aber auch in der erwachsenen Gemeinde schätzte man sie sehr als eine Ansprechpartnerin und ständig hilfsbereite Beraterin und Hilfskraft. Ich weiß nicht, ob ich ohne sie so lange durchgehalten hätte.

Das Ende meiner Mitarbeit am *Andreanum* wurde mir mit Dank schriftlich mitgeteilt. Da musste nun mein Nachfolger antreten. Meine Pause im Schuldienst dauerte aber nicht lange. Ich wurde gebeten, an dem Goethegymnasium, anfangs noch eine Mädchenschule, zu unterrichten. Das tat ich 16 Jahre lang gerne. Als ich schon im Ruhestand zum 125. Jubiläum der Schule eingeladen wurde, erinnerte ich mich: Am Eingang zum Schulhof blühte damals eine herrliche rotblühende Kastanie, die eines Tages gefällt werden musste. Also stiftete ich der Schule eine neue rotblühende Kastanie. Heute kennt mich dort kaum noch jemand. Aber wenn die Kastanie blüht, freuen sich sicher einige Kinder und Lehrer. Und das freut mich.

Belastend war die Mitarbeit in der Hildesheimer Blindenmission, zu der mich Landessuperintendent Detering aufgrund meiner Auslandserfahrungen drängte. Es waren weniger die Vorstandssitzungen, die mich belasteten, als die immer häufiger werdenden Bitten um Reisedienste, Vorträge in Gemeinden. Meistens in der Epiphaniaszeit, das heißt im Winter bei Dunkelheit und oft Glätte nach einem vollen Arbeitstag ins Auto.

Einmal fiel mir dieser Reisedienst besonders schwer: Onkel *Max von Bordelius*[78] war in Ostercappeln gestorben und ich konnte nicht zu seiner Beerdigung kommen. Das tat mir sehr leid, denn diese ganz enge Verwandtschaft – Tante Irmgard war die Schwester meiner Mutter und Onkel Max zusammen mit meinem Vater 1913 im Baltikum ordiniert – war für uns bis zum Krieg unerreichbar. Jetzt waren sie in unserer Nähe und wir freuten uns, dass sie in Ostercappeln sogar ihr eigenes kleines »Haus Kurland« einweihen konnten. Besonders eng wurde dieser Kontakt, als Tante Irmgard durch meine Vermittlung einen Platz im Michaelisheim in Hildesheim fand. Ich habe sie am 1. September 1982 in Ostercappeln beerdigen

78 Max von Bordelius, s. oben Anm. 29.

dürfen. Mit meiner Cousine Waldtraut Graubner, geb. von Bordelius und ihrer Familie verbindet uns bis heute eine ganz enge Freundschaft, für die wir sehr dankbar sind.

Als ich 1969 für ein Semester in ein Kontaktstudium nach Göttingen gerufen wurde, gab ich die Arbeit in der Blindenmission auf.

Hildesheim wuchs und wuchs – nach Süden! Ochtersum, ein kleines katholisches Bauerndorf, in dem ich seit 1959 für die kleine evangelische Flüchtlingsgemeinde vierzehntägig in der katholischen Dorfkirche Gottesdienste gehalten hatte, wurde ein Neubaugebiet für etwa 6.000 Neubürger. Also musste geplant werden. Da die Baupläne der Stadt sich dauernd änderten, haben wir drei baureife Pläne – die muss man erst einmal haben! – zurückziehen müssen. Dann gab man uns den Tipp, einmal die ARCHE in Wolfsburg anzusehen, die ein Prof. Lehrecke aus Berlin gebaut hat. Wir fuhren also mit Kirchenvorstehern nach Wolfsburg und waren überzeugt. Wir schrieben ihn an. Er kam, sah sich das Baugebiet an und machte uns einen bestechend schönen Entwurf für ein großes, vielfältig zu gebrauchendes Gemeindezentrum. – »Zu teuer, zu groß«, kritisierte die Landeskirche, leider. Also machte der Architekt einen neuen Entwurf, der von allen Instanzen genehmigt und also gebaut wurde. Palmarum 1974 wurde die Lukaskirche in Ochtersum eingeweiht.

Seit Februar 1971 war Pastor *Helmut Conrad* als zweiter Pastor der Markusgemeinde für deren Südbezirk, das heißt für Ochtersum angestellt. So waren wir jetzt zu zweit in der Gemeinde. Aber in diese Zeit fiel meine Gesundheitskrise.

Im Sommer 1970 machten wir zum ersten Mal Urlaub in Italien, in St. Martin, Südtirol. Eine wunderschöne Landschaft, herrliche Spaziergänge, aber anstrengend. Ich bekam solche Rückenschmerzen, dass ich einen Arzt aufsuchen musste. Der gab mir *Ledermycin*, ein Kortisonpräparat. Daraufhin schwoll mein Knie schmerzhaft an. Wir mussten aber zurück, da eine Jugendbegegnung in England fest geplant war. Daher wählte ich am 15.7. den kürzesten Weg über die Alpen, den Jaufenpass, den ich noch nicht kannte. Es wurde eine schreckliche Fahrt: ganz enge Kurven, steile, enge Straßen neben tiefen Abgründen. Mein Bein tat höllisch weh. Ich atmete nur noch »durch die Ohren«. Als wir glücklich in Österreich waren, musste ich eine Pause machen. Wir fuhren nach Innsbruck, wo Omi[79] und Hans-Martin, die mit der Bahn gefahren waren, in einem Hotel waren. Nach zwei Stunden fuhren wir weiter bis Pfaffenhofen, wo wir übernachteten. Am nächsten Tag von 9 bis 16 Uhr nach Hildesheim. Um 17 Uhr beim Röntgen: kein Befund. Also Bettruhe. Der Hausarzt kam und spritzte, aber nach einer Woche schickte er mich doch ins Krankenhaus. Um dort sauber anzukommen, stieg ich noch schnell ins Bad.

Als Prof. *Kleinsorg* mich untersucht hatte, schlug er die Hände vor dem Gesicht zusammen und sagte: Sie haben eine schwere Thrombose bis ins Kleine Becken. Sie dürfen keinen Schritt gehen, auch nicht aufs Klo. Sie müssen mindestens zwei Schutzengel gehabt haben. – Die Englandfahrt übernahm am 21.7. ein netter Referendar des Goethegymnasiums, der aus der Jugendarbeit an St. Michael kam, Helmut Zeppenfeld.

Ich lag bis Anfang September im Krankenhaus, musste dann noch vier Wochen zur Kur nach Bad Harzburg und konnte erst am 16.11. den Dienst wieder aufnehmen. So war P. *Conrad* allein. Aber meine Frau wurde offiziell für den Konfirmandenunterricht eingesetzt, »und dieses Mal nicht um Gotteslohn«. –

---

79 Hildegard Länger, s. Anm. 72.

Im nächsten Jahr wurde es noch schlimmer. Ein sehr tüchtiger Arzt, Dr. Knüppel, bearbeitete meinen Rücken orthopädisch, sagte aber gleich: Wenn es nicht hilft, haben Sie Ihre Fahrkarte nach Göttingen.« Eine Kur in Villingen hatte nur »mäßigen« Erfolg. Also kam ich nach Göttingen, wo ich am 17.9.1971 in der Neurochirurgie von Prof. *Bushe* operiert wurde. Eine Bandscheiben-OP. Wegen der Thrombose im Vorjahr wurde mein Blut sehr verdünnt. Daher aber konnte man es bei der Operation nicht mehr stillen und mußte die OP beenden, wie mir der Anästhesist, den ich bei einer späteren Kur traf, erzählte. Aber die Operation war gelungen, nur der Perinäusnerv rechts war verletzt. Ich wurde zur Ausheilung nach Neu-Bethlehem verlegt. Einige Tage später bemerkte ich abends, dass mein rechtes Bein ganz dick wurde. Der Professor kam, erschrak, stellte wieder eine Thrombose fest, die aber sofort aufgelöst wurde. Es war aber ernst. Keine Besuche und Ilse wurde gerufen. Aber Gottlob! Es ging gut. Nach neun Wochen wurde ich am 13. November entlassen, fuhr dann aber am 29.11. wieder zu einer Kur nach Bad Harzburg, wo mich Omi rührend versorgte. – Erst am 2. Januar 1972 hielt ich nach vier Monaten wieder Gottesdienst in meiner Gemeinde.

Nach so langer Zeit wieder zu Hause zu sein, gesund genug, um den vollen Dienst wieder aufzunehmen, dieses Glück und diese Dankbarkeit halfen mir, die schweren orthopädischen Stiefel und die hohen Gummistrümpfe und den lahmenden rechten Fuß kaum zu beachten. Selbst die Englandfahrten mit der Jugend wurden wieder fortgesetzt, allerdings nur bis 1974. Dann wurden sie mir zu viel. Nur ein Beispiel: Natürlich wollte die Jugend auch in den Londoner Tower, um die Wachsfiguren und die schreckliche Folterkammer und die herrlichen Kronjuwelen zu sehen. Alles Dinge, die ich seit 1939 kannte.

Aber jetzt mussten wir im angeblich heißesten Sommer des Jahrhunderts über eine Stunde Schlange stehen.

Die letzte Englandfahrt ging in den schönen Lake Side District. Nach harten Pfadfinder-Übungen wie »rock climbing«, »compass course« und »raft-building« (aus zufällig zu findenden Gegenständen ein Floß bauen) machten wir auf dem Rückweg in London Station. Unser englischer Partner, Rev. Bob Payne, hatte uns gewarnt: »Geht nie allein! London is a bad place!« – Als wir in die U-Bahn umsteigen mussten, um zum CVJM-Heim zu kommen, machte Ilse den guten Vorschlag: »Geh Du voran, Du kennst den Weg. Klaus und ich machen das Ende und passen auf, dass alle mitkommen.« – Als wir uns beim Deutschen YMCA-Hotel versammelten, sagten die Jungen: »Christiane fehlt!« Uns blieb fast das Herz stehen. Ilse jagte mit den Jungen zur U-Bahn zurück, da kam ihnen etwas blass, aber strahlend, Christiane entgegen. Sie hatte eine falsche Rolltreppe gewählt, als ihre Bahnsteigkarte geklemmt hatte, stand auf einem leeren Bahnsteig und wartete. Ein farbiger Bahnarbeiter fragte sie: »Can I help you?« Wo willst Du denn hin? – Zum YMCA. – Dann musst du beim Oxford Circus umsteigen! – Durch die ausgezeichneten Fahrpläne in jedem London U-Bahn-Wagen stieg sie richtig um, stieg richtig aus und wurde von den sie suchenden Jungen empfangen. Gott sei Dank!! Die Erleichterung von uns Eltern kann sich jeder ausmalen. –

Auch in der Markusgemeinde blieb eine wichtige Aufgabe die Betreuung der Patengemeinde Rennersdorf in der Oberlausitz, drei Kilometer östlich von Herrenhut. Jede Fahrt über die Grenze bei Helmstedt im Auto voller Geschenke war eine Angstpartie, bei jeder Rückfahrt atmete man erleichtert auf, sobald die Grenze hinter uns lag. Die Pastorenfamilie und den Kirchenvorstand kannten wir schon seit 1962. Es wurden lebenslange Freundschaften. Stressig wurde die Zeit der Paket- und Päckchenaktion vor Weihnachten. Im Hilfswerk in Hannover erhielten wir viele gute Kleidung und Stoffe für die Patengemeinde. Aber die mussten erst geholt und verpackt und versandt werden, neben den vielen kleinen Päckchen. – Als Pastor *Weidner* in Rennersdorf in den Ruhestand ging, lernten wir den Nachbarpastor kennen, der nun für Rennersdorf zuständig wurde, P. *Friedrich Bühler* und seine Frau. Auch das wurde eine Freundschaft bis heute.

Ein besonderer Höhepunkt in meiner Zeit in der Markusgemeinde war der Bau unseres Glockenturms, des »Campanile di San Marco« in Hildesheim. Neben unserem Gemeindehaus stand von Anfang an ein kleiner, stählerner Glockenträger mit einer kleinen Glocke. Da der Plan eines Kirchbaus endgültig begraben war, lag mir sehr daran, dieses Gemeindezentrum als Kirche sichtbar zu machen. Mein Vorschlag: den Stahlträger zu ummanteln zu einem kleinen Turm, der dann drei Glocken haben sollte. Es gab einen Sturm der Empörung: Hans-Martin, damals etwa 15 Jahre alt, drohte, aus der Kirche auszutreten, wenn angesichts der sozialen Not für so etwas Geld verschwendet würde. Der Kirchenvorstand fragte: Muss das denn sein? Wer kann das bezahlen? Ich aber wusste: Für Glocken und Orgeln spenden die Gemeinden gern – und viel! Die entscheidende Hilfe brachte ein Architekt aus unserer Gemeinde, Herr *Fritz Boysen* [80]. Er zeichnete eine Skizze für den Gemeindebrief: »So schön kann unsere Kirche werden!« Wir hatten mit der »Markushilfe« für die eigene Gemeinde seit Jahren gesammelt, wenig verbraucht und viel gespart. Jetzt flossen die Spenden für den Turm und die zwei Glocken. Kurz: Die Finanzierung war kein Problem.

Am 5. Juni 1977 feierten wir das »*Turmfest*« mit einem schö-

---

80 Fritz Boysen (1920-1990).

nen Familiengottesdienst. Leider hat sich der Name »Campanile di San Marco« nicht durchgesetzt. Als alter Italiener weiß ich heute: Ich hätte ihn »Campanilino di San Marco« nennen sollen. Diese Verkleinerungsform hätte nicht so anspruchsvoll gewirkt und außerdem sehr süß und zärtlich geklungen.

Je näher der Ruhestand kam desto mehr beschäftigten mich die Zahlen: 1954 bis 1986. – Das sind knapp 32 Berufsjahre in einem Leben von jetzt bald 87 Jahren! – Das ist nicht überzeugend. Ich dachte oft an das Wort meiner amerikanischen Freunde: »You are wasting your time.« – Es lohnt, darüber nachzudenken …

4.4 Mein Ruhestand

Zum 1. Juli 1986 wurde ich in den Ruhestand versetzt. An meinem 65. Geburtstag, dem 3. Juni, gaben wir von 11 bis 13 Uhr einen Empfang, zu dem viele Amtsbrüder kamen. Am Nachmittag feierte die Familie mit Gästen und abends feierten wir mit 45 Mitarbeitern im Gemeindehaus. Am Sonntag darauf, dem 8. Juni, gab es noch einen großen Familiengottesdienst mit einem Sommerfest und einer Verabschiedung

vom Kindergarten »mit hundert roten Rosen«. Zu meinem (keineswegs) »letzten« Gottesdienst am 29. Juni kamen auch der Patenpastor *Bühler* und die Diakonin aus Rennersdorf, *Eva-Maria Löffler*.

Als Nachfolger war Pastor *Rudolf Stiens* gewählt worden, der aber erst zum 1. Januar kommen konnte. So durften wir im Pfarrhaus wohnen bleiben, bis der Neubau fertig wurde, den wir gemietet hatten. Angeblich zum 1. August; es wurde der 14. November, ein strahlend schöner Sonnentag – und ein Riesenumzug, trotz unserer Aufräumarbeit vorher. Das kleine Einfamilienhaus, am Waldrand in Ochterum gelegen, bot Platz für unsere noch studierenden Kinder, später auch für Ilses Mutter, die 1990 ganz zu uns zog.

Die ersten zehn Jahre meines Ruhestands waren rein euphorisch. Frei vom Druck der Termine und Pflichten, dabei noch oft gebraucht für Vertretungen. Im dritten Ruhestandsjahr 1989 habe ich nicht weniger als 36 Mal den Talar angezogen für Haupt- und Nebengottesdienste und Amtshandlungen. Herrlich! Vorher aber genießt man die große Freiheit für das Klavier, für den Chor, für Reisen und große Familienfeste.

Die erste große Reise führte uns 1989 nach Amerika. Vierzig Jahre nach meinem Studium in Minneapolis wollte ich meinen Freund Dennis Koch und einige andere wiedersehen und die Cousine Heddi besuchen, die 1945 bei uns in Hermannsburg war, später nach Kanada auswanderte. Es wurde eine sehr interessante Reise mit vielen Begegnungen und Eindrücken, besonders mit Heddi, die in Toronto lebt und etwa drei Autostunden nördlich ein Ferienhaus besitzt, mitten in der Landschaft. Da erlebten wir den bunten kanadischen Herbst und hörten nachts Wölfe heulen. Wenige Tage später erlebten wir oben auf dem Empire State Building den Sonnenuntergang über New York und sahen dann die leuchtenden Autoschlangen unten in den Straßenschluchten.

Die nächste große Reise führte uns nach Italien im Mai 1991. Unsere Kinder schenkten uns zu unser beider 70. Geburtstag drei Tage in Rom, »damit ihr mal in die Puschen kommt!«. Wir blieben acht Tage. Zum ersten Mal in Rom, der »ewigen Stadt«, im Vatikan, im Kolosseum und an vielen, berühmten Sehenswürdigkeiten. Bei der obligaten Stadtrundfahrt sind wir so durchgeregnet, dass wir per Taxi ins Hotel zurückfuhren, Ilse ein heißes Bad nahm, so durchfroren war sie, und wir uns trocken anzogen. Der Hauch der Geschichte, den Rom vermittelt, war überwältigend. So war auch der Blick auf die Alpen von oben, vom Flugzeug aus. –

Im Jahre 1992 plante ich ein Jubiläums-Wiedersehen mit den Freunden in der Patengemeinde. 1962 hatten wir uns kennen gelernt, damals mit Einreisegenehmigung, scharfen Kontrollen an der Grenze, Meldepflicht bei der Polizei. Jetzt fuhren wir in Helmstedt glatt durch, nur wenige Relikte erinnerten an die damalige Zonengrenze. Kaum glaublich, dass dies alles vorbei und die beiden deutschen Teilstaaten wieder vereint waren. Bei diesem Besuch merkten wir besonders deutlich, wie trostlos die Lage in der DDR gewesen war und teilten die Hoffnungen der Freunde, dass bald alles viel besser werden würde. Wie lange dieser Prozess dauern und wie schwierig er sein würde, ahnten wir noch nicht.

Ein ermutigendes Erlebnis: Auf dieser Reise besuchten wir auch meinen Patensohn Michael Jahn, der Pastor geworden war, in einem kleinen Dorf in der Nähe von Niesky. Er entschuldigte sich aber für zwei Stunden, er habe noch einen Jugendkreis. Als er dann kam und ich ihn fragte, wie es denn gewesen sei, erzählte er: Etwa acht bis zehn Jungen seien gekommen, nur etwa fünf gingen mit zur Jugendstunde! Ein steiniger Boden für einen jungen Pastor. Etliche Jahre später erlebten wir ihn in See, einem Ortsteil von Niesky, bei einer kirchlichen Woche der evangelischen Jugend, an der etwa 200 Jugendliche eine Woche lang teilnahmen! Ich wurde fast neidisch. –

Unsere 70. Geburtstage 1991 wurden am 6. Juli gemeinsam als unser »140. Geburtstag« mit einem großen Familienfest gefeiert. Am Nachmittag trafen wir uns im »Glashaus«, einem hübsch gelegenen Gasthof bei Derneburg, und abends gab es eine »Italienische Nacht« in unserem mit Lampions geschmückten Garten mit einer Grillparty, vielen guten Gesprächen und – ohne laute Musik, was die Nachbarn uns später anerkennend bezeugten.

Unser »150. Geburtstag« wurde sehr schwierig, denn Omis Kräfte ließen spürbar nach. Zwar feierten wir noch ihren 99. Geburtstag am 27. April 1996, aber sie konnte nicht mehr nach unten kommen. Seit längerer Zeit halfen schon die Schwestern vom »Marthaheim«, weil Ilse allein die Pflege nicht mehr schaffte. Manchmal, wenn Omi nachts laut stöhnte, Ilse aber total erschöpft es im Tiefschlaf nicht hörte, stand ich auf, stand vor ihrer Tür. Was tun? Ich ging dann hinein, redete ihr zu, gab ihr einen Schluck Wasser. Sie wurde dann ruhiger und ich begriff. Man muss etwas tun …

Tatsache ist, dass wir beide dringend einen Erholungsurlaub brauchten. Als es Omi noch besser ging, haben sowohl Horst und Sigrid[81] wie auch Christiane uns Omi für eine kurze Zeit abgenommen. Das war jetzt nicht mehr möglich. Es gelang uns, für Omi zum 13. Mai 1996 eine Aufnahme im benachbarten Altenheim am Steinberg zunächst für sechs Wochen zu erreichen. Aber sie wurde dort so nett aufgenommen und fühlte sich bald so wohl, dass sie da bis zu ihrem Tode bleiben konnte. Wir selbst fuhren am 19. Mai für vier Wochen nach Bad Kissingen, nicht ohne vorher den »Besuchsdienst« der Kinder und Enkel so geregelt zu haben, dass Omi fast jeden Tag Besuch bekam.

Am 16. Juni kamen wir aus Bad Kissingen zurück. Mit den

---

81 Horst Länger (1927-2001; Ilse Gurlands Bruder, Pastor und Senior) und seine Frau Sigrid Länger.

Kindern war besprochen, dass in diesem Jahr keine große Geburtstagsfeier stattfinden sollte. Nur am 2. Juli, Ilses 75. Geburtstag, wollten wir uns abends beim Italiener treffen. Da der 2. Juli in der Woche lag, sollte die kleine Feier schon am Sonnabend vorher stattfinden. Aber schon am frühen Nachmittag klingelte es. Horst und Sigrid standen vor der Tür. Die wollen sicher Omi besuchen, dachten wir, und freuten uns, sie zu sehen. Da klingelte es schon wieder und Lisalene und Hans begrüßten uns. Kaum hatten wir sie gebeten, Platz zu nehmen, als es klingelte und Dita aus Oldenburg mit ihrer Tochter Renate aus Schwerin grüßen uns fröhlich. – Bei uns fiel der Groschen: Das kann kein Zufall sein! Es kamen dann noch etwa 20 Verwandte und Freunde. Die Kinder hatten hinter unserem Rücken dem Italiener abgesagt und zu einem großen Fest in unserem kleinen Haus eingeladen. Sie hatten für Kuchen und Getränke gesorgt und nette Spiele vorbereitet, so dass wir bis tief in die Nacht feiern konnten. Am Sonntagmorgen gab es um 9 Uhr einen Brunch, ab 13 Uhr fuhren die Gäste ab – und abends wurde Deutschland Fußball-Europameister. – Am Dienstag, dem 2. Juli, wurde dann Ilses 75. Geburtstag nochmal gefeiert mit einem Empfang aus der Gemeinde und Gästen am Nachmittag und Abend.

Freud und Leid können schnell kommen: Am 7. Dezember 1996 starb Omi. Das Heim hatte angerufen, es stände ernst um sie. Ilse ging sofort hin, blieb bis abends und wollte auch die Nacht bei ihr sein. Sie bat mich telefonisch, sie abzulösen, während sie sich die Sachen für die Nacht holte. Ich nahm meine kleine Agenda mit, um ihr Gebete, Psalmen und Liedverse vorzulesen. Sie sprach nicht mehr, war sehr unruhig. Aber als ich meine Hand auf ihren Arm legte, ihr die schönen Trostworte zusprach, wurde sie ganz ruhig, so ruhig, dass ich gar nicht merkte, wann sie eingeschlafen war. Als Ilse kam, war sie natürlich traurig, dass sie nicht zuletzt dabei war. Aber vielleicht ist Omi das Sterben so leichter gewesen …

Die Beerdigung fand dann in Bad Harzburg statt, wo ihr Mann schon seit 1943 ruhte. Erstaunlich groß war die Beteiligung sowohl alter Freunde aus Harzburg, wie auch einiger Gemeindeglieder aus Hildesheim.

Nun wurde Omis Zimmer zu einem sehr schönen Arbeitszimmer für Ilse eingerichtet. Fast alles war ja mit Omi aus Harzburg gekommen. Der schönste Wandschmuck war ein großes Bild von Horsts St. Andreaskirche in Braunschweig. Aber von dort kamen schlechte Nachrichten: An meinem Geburtstag rief Horst an: Er konnte nicht kommen, da er in den nächsten Tagen ins Krankenhaus müsse zu einer Magenoperation. Die geschah am Freitag, dem 13. Juni 1997. Abends war Horst klinisch tot. Offenbar ein Versagen der Klinik. Es gab einen jahrelangen Prozess, den Sigrid gewann. Aber Horst lag vier Jahre im Koma!

Bewundernswert war die Haltung unserer Schwägerin Sigrid. Vier Jahre lang besuchte sie ihn fast täglich. Horst konnte nicht mehr sprechen, aber wahrscheinlich noch hören. Das sah man an seinem Gesicht. Wir standen an seinem Bett, fanden keine Worte. Nur nichts Falsches sagen. »Horst, du weißt, du bist nie allein.« Seine Frau hielt ihm jeden Abend eine Andacht. Dann stellte sie gute Musik an und ging. Er schlief dann meistens dabei ein. Am Himmelfahrtsfest, dem 24. Mai 2001, starb er, während der Schlusschoral von Bachs Kantate zum Himmelfahrtsfest an seinem Bett erklang. –

Ende 1997 habe ich meinen Ruhestand unterbrochen. Wir besuchten im November unsere Geschwister in Wuppertal, Gottfried und Margot, Lisalene und Hans, und nahmen die Gelegenheit wahr, auch unseren Neffen Dr. Stephan Bitter zu besuchen, der Superintendent in Bad Godesberg war. Als

Kleinkind war er mit seiner Mutter, unserer Cousine Bärbel Bitter[82], vorübergehend auch in Hermannsburg gelandet. Nun bat er mich: »Erzähl doch mal von Deinem Vater. Ich habe nur ganz wenige Erinnerungen an die Zeit in Hermannsburg.« Also erzählte ich kurz die dramatische Geschichte meines Vaters: Als deutscher Pastor einer überwiegend lettischen Gemeinde unter deutschem Patronat im Baltikum während des Ersten Weltkriegs. 1919 von den *Bolschewiken* mit meiner Mutter verhaftet, kurz vor der Erschießung von der Baltischen Landeswehr befreit, als Flüchtling in Deutschland zuerst Reiseprediger, dann Pastor in Gödringen, zuletzt in Meine. Die Probleme im Dritten Reich sind schon erzählt. Nach dem Krieg die vergebliche Suche nach einer neuen Gemeinde. Mit 60 Jahren nach einer Operation gestorben.

»Wollen wir das nicht einmal aufschreiben?« schlug Stephan vor. Ich sagte ihm, ich hätte sehr viel Material von ihm in unserem Keller, seit 50 Jahren von Pfarrhaus zu Pfarrhaus mitgenommen. Aber das alles jetzt auszubündeln und zu lesen hätte ich keine Lust. Dies sei aber nur eine Beichte, kein Schlusswort. Als ich dann aber doch begann, in den vielen ausführlichen Briefen meines Vaters zu lesen, fing ich Feuer. Es war spannend. Ich begegnete meinen Eltern ganz neu. So entstand in ständiger gemeinsamer Arbeit mit Stephan das Buch »*Unsichtbare Kirche*«; der Titel nimmt ein Wort Rudolf Gurlands aus der Gefängniszeit 1919 auf. – Zwei Jahre war der Ruhestand unterbrochen. Anfang 2000 war das Buch fertig, bald in der 2. Auflage. Es wurde nicht nur als ein Zeit- und Glaubenszeugnis sehr anerkannt, sondern auch als eine historische Quelle erster Güte über die Kriegszeit im Baltikum wie auch über die Auswirkungen des Dritten Reiches in einer

---

82 Barbara-Maria Bitter (1918-1997), geborene Gruehn. Ihr Stiefvater Paul Gurland (1884-1963) war ein Bruder Rudolf Gurlands.

evangelischen Dorfgemeinde. – Ich bin Stephan sehr dankbar für den Anstoß und die fachkundige Mitarbeit an diesem Buch, das wir gemeinsam herausgegeben haben.

So kam das neue Jahrtausend. Die Medien überschlugen sich mit Rückblicken, Ausblicken, Erwartungen, Warnungen. Die Menschen berauschten sich an überdimensionalen Feiern zur Begrüßung der nächsten tausend Jahre. Wir erinnerten an Gottfrieds und Margots Hochzeit in Ostercappeln im Jahre 1950. Damals sagte Gottfried mit einer großartigen Armbewegung: »Ich lade euch alle ein zu unserer Goldenen Hochzeit im Jahre 2000.« Das klang damals wie ein Sankt-Nimmerleins-Tag. Der kam so schnell! Am 16. September 2000 wurde er in Wuppertal herrlich gefeiert. – Diese großen Feste in Wuppertal sind übrigens ein fester Punkt in meinen Erinnerungen. Gottfried hatte als Geschäftsführer der Kirchlichen Hochschule in den Ferien die gute Gelegenheit, die große Verwandtschaft einzuladen. Er hat mit Margot auf diese Weise viel zum Zusammenhalt der großen Familie getan und hat das als Oberbürgermeister noch fortgesetzt. Das sei ihnen beiden herzlich gedankt.

Ich hatte damals oft einen Spruch auf den Lippen, den Ilse bald nicht mehr hören konnte. »Ich fühle mich wie 60, sehe aus wie 70 und werde demnächst 80.« Als das dann so weit war, hörte der Spruch auf. Ein anderes Zitat löste ihn ab: Zur Feier unseres 140. Geburtstags hatte ich ein hübsches Gedicht von Stephen Phillips gefunden aus »From Marpessa«: »… Then though we must grow old, we shall grow old together … nor much regret the years that gently bend us to the ground.« Die Jahre, die uns sanft zu Boden biegen … Ich ahnte nicht, wie schnell das bei mir wahr werden würde! »Zu wahr, um schön zu sein.« – Wenn man das »nicht viel« bedauern darf, dann ist »ein wenig« doch erlaubt? – Der Gedanke tröstet.

Ein Höhepunkt in meinem Ruhestand war das 50. Jubiläum meiner Ordination im Jahre 2004. Ich hatte eine schwere Rückenoperation im Herbst 2003 hinter mir, hatte noch starke Schmerzen, war ziemlich »down« (gegen das Wort depressiv habe ich mich immer gewehrt). Ich war geneigt, den Tag gar nicht zu beachten. Aber Ilse bestand darauf, dass er festlich auch mit einem Gottesdienst gewürdigt werde. Also sprachen wir mit meinem Nachfolger und legten den Termin auf den 1. Advent, in Erinnerung an meine allererste Predigt am 1. Advent 1940 in Australien.

Pastor *Stiens* nannte den Anlass im Gemeindebrief, ging in der Predigt darauf ein und lud zu einem Empfang nach dem Gottesdienst unten im Gemeindehaus ein. Es kamen so viele Gemeindeglieder, dass man im Kirchsaal Stühle bringen

musste und der vorbereitete Sekt nicht reichte. Die Küsterin holte Nachschub aus ihrem Keller und es wurde ein so nettes Fest mit vielen freundlichen Worten, Blumen und Geschenken, dass Christiane mir nachher sagte: »Vati, wenn du jetzt noch einmal Depressionen haben willst, dann musst du dir aber Mühe geben!« – Für mich war die große Beteiligung der Gemeinde an diesem Tag ein ganz großes Geschenk – nach 18 Jahren im Ruhestand.

Ruhestand bedeutet oft Vereinsamung, besonders wenn die Kinder aus dem Hause sind, ohne uns Enkel geschenkt zu haben. Nun, unsere Kinder waren aus dem Haus, Enkel hatten wir nicht; aber dennoch blieben wir nicht einsam.

Hans-Martin hatte am 21. Juni 1991 geheiratet. Seine Frau *Helga Gutt*, eine Sozialpädagogin, hatte er in der Gewerkschaftsarbeit kennen gelernt. Es gab zwar keine kirchliche Trauung, aber ein rauschendes Fest in Göttingen mit einer lustigen, Mut machenden Rede des Vaters. Diese Ehe hält nun schon fast 17 Jahre, und wir sind immer wieder beglückt, wie gut die beiden miteinander auskommen und wie gerne Helga auch in unser Haus kommt. Leider blieb die Ehe kinderlos.

Klaus hat wohl keine Lust zur Ehe, ist aber mit einer sehr netten Ärztin befreundet. Die hat einen 14-jährigen Sohn aus erster Ehe und wir freuen uns sehr, dass sie uns oft besuchen; wir haben die beiden gerne in unsere Familie aufgenommen.

Die größte Überraschung brachte uns am 2.2.2003 Christiane ins Haus in der Gestalt von zwei kleinen, schokoladenbraunen Mädchen von drei und fünf Jahren, Kinder einer ganz jungen Mutter, die mit dieser Aufgabe völlig überfordert war. Die beiden Väter hatten sich nach Afrika abgesetzt.

Als das Jugendamt die beiden Kinder in ein Heim bringen wollte, entschloss sich Christiane, die Patin der Älteren war, die beiden in Pflege zu nehmen. Nach langen, schwierigen

Verhandlungen stimmte das Jugendamt zu und so hatten wir urplötzlich zwei Pflege-Enkelkinder, waren Pflege-Großeltern geworden! Inzwischen haben wir diese beiden Kleinen ganz ins Herz geschlossen und freuen uns immer, wenn sie kommen. –

Ja, das Alter hatte mich erreicht und mit dem Alter die üblichen Fragen aller alten Menschen: Was habe ich mit meinem Leben gemacht? Was erreicht? Was versäumt? Bei diesen Fragen begegnet mir plötzlich die Frage eines alten Theologen: »Was glauben wir wirklich?« – In den *Evangelischen Kommentaren*, 1988, Nr. 6, las ich den Aufsatz meines Lehrers, Prof. Trillhaas[83]: »Versuchungen und Chancen des Alters«, »… dass auch religiöse Vorstellungen … plötzlich von uns abfallen … und uns in die Freiheit führen«. – Seit 20 Jahren hat mich diese Frage nicht mehr losgelassen: Was glauben wir wirklich?

Brennend akut wurde sie für mich, als unerwartet plötzlich das Thema »Christen – Juden« hochkochte. Die erste Denkschrift der *EKD* zu diesem Thema erschien erst 30 Jahre nach

83 Wolfgang Trillhaas (1903-1995), Systematiker in Göttingen.

Kriegsende, 1975, die zweite 1991, die dritte 2000. Tenor: Wir brauchen eine neue Theologie! – Grund: Das Versagen der Kirche bei Auschwitz. Vergeblich warnte der Göttinger Neutestamentler Prof. Strecker[84]: Auschwitz ist kein theologisches Datum. Der Grund der Kirche steht fest: 1 Kor 3,11: Jesus Christus …

Ein neues Nachdenken über unser Verhältnis zum Judentum, einschließlich des Eingeständnisses schwerer Fehler, das ist angesagt, ist legitim. Aber keine neue Theologie! Jedenfalls keine neue <u>christliche</u> Theologie. Kein Zurück in den Alten Bund!

Ein Erlebnis: Ich wurde eingeladen zum Christlich-Jüdischen Gespräch. Nahm meines Großvaters Biographie mit: »*In Zwei Welten*«[85]. Auf dem Buchdeckel zur Illustration eine Menora und ein Kreuz. Zwei Welten. Zu meiner Überraschung gab es heftigen Widerspruch: Nein! Nicht zwei Welten! Wir sind doch Brüder! Haben doch dieselbe Bibel! Denselben Glauben … Ich widersprach, wollte nicht theologisieren, sondern nur berichten von einem erlebten, erlittenen Leben in zwei Welten: Die orthodoxe, düstere, enge Welt des östlichen Judentums, dann die helle, frohe Welt des Christentums, der Botschaft von Jesus Christus, in dem allein wir die Herrlichkeit Gottes erkennen (2 Kor 4,6). Ich fiel durch. Von zwei Welten wollte man nichts hören. Nun gut. Ich blieb diesem Kreis fern – aber das Thema lässt mich bis heute nicht los. Man wird sehen, wohin es führt …

Einer der treuesten Begleiter meines ganzen Lebens ist das Klavier. Mein Vater, ein bettelarmer Flüchtling mit fünf Kindern, kaufte uns in den Zwanziger Jahren ein Klavier! So liebte er die Musik, obwohl er sie nicht ausüben konnte.

---

84 Georg Strecker (1929-1994).
85 Siehe oben Anm. 5.

– Meine erste Begegnung mit dem Klavier wurde eine Pleite: Heini war faul! Meine Lehrerin, Frau Ahrens, die Frau des Postmeisters in Meine, nahm mich eines Tages bei der Hand und brachte mich nach Hause: »Frau Pastor, es hat keinen Zweck. Der Junge übt nicht und ich mag das Geld nicht mehr annehmen.« Ich glaube, es waren 2,50 Mark die Woche. – Meine Mutter antwortete: »Aber er singt so gerne. Üben Sie doch mit ihm mal Volkslieder« (statt der langweiligen Etüden). Das half. Ich kam bis zu meiner Ausreise 1939 bis zu Mozarts *A-Dur Sonate* mit dem *Türkischen Marsch* und zu Griegs »*Hochzeit auf Troldhaugen*« und natürlich etliches von Bach. Das heißt nicht, dass ich diese Stücke hätte vorspielen können. Vorspielen konnte ich überhaupt nicht. Mein Nervenkostüm ist sehr dünn. Aber ich arbeitete an dieser Musik und freute mich daran. Denn sie sprach mich an, nicht nur mit lustigen oder traurigen Stimmungen, sondern auch mit Worten. Dafür ein Beispiel:

Vor etwa acht Jahren saß ich am Fernseher und hörte das Nachmittagsprogramm. Das wurde plötzlich unterbrochen. Eine »Sondermeldung« wie im Kriege: »Wie wir soeben erfahren, ist auf dem Flughafen von Paris eine Concorde mit hundert deutschen Urlaubern an Bord explodiert. Es gab keine Überlebenden.« – Alles in mir erstarrte … Ich ging spontan an mein Klavier. Dort hatte ich die schwierige *Fuge G-Dur* im Zweiten Band des *Wohltemperierten Klaviers* geübt. Aber der Wind hatte eine Seite umgeblättert. So sah ich auf das Notenbild des *g-moll Praeludiums*. Das sah spielbar aus. Ich schlug es an – und hörte durch alle Takte hindurch die Klage. Mein Gott, warum? Mein Gott, warum?? – Nur der letzte Takt in hellem G-Dur sprach anders: »Gott weiß, warum!« –

So hätte mein Vater noch predigen können. Jesaja 55: »Meine Gedanken sind nicht eure Gedanken …«. Ich aber empfand:

Hier gibt es kein Warum?! Hier gibt es nur Verzweifeln oder dennoch blind Vertrauen. Denn »Gott ist anders« (Bischof John A. T. Robinson, 1963), viel höher als unsere Gedanken. »Was glauben wir wirklich?«

Noch ein Beispiel, eine Erfahrung, auch am Fernseher: Am 1. November 2005, um 17.30 Uhr: »Eben habe ich den bewegenden Trauergottesdienst in Londons St. Paul's Cathedral miterlebt. Eine Stunde war ich wieder in London. Ich kenne ja all die Plätze und Straßen, auf denen die Terror-Anschläge geschahen, deren Namen auf vier großen Kerzen auf dem Altar standen. Die Vertreter von sechs religiösen Gemeinschaften, die in London lebten, waren am Altar, beteten gemeinsam um Frieden und Verständnis und Versöhnung, um Überwindung des Hasses ... Ich empfand spontan: Hier passt das Wort *Mission* nicht mehr! Es geht doch vor allem um Frieden, Verständnis, Versöhnung! Falls Gespräche diese Erkenntnis nicht schaffen – schaffen es dann die Bomben der Terroristen?? – Zum Schluss zündeten sechs Jugendliche aus sechs Religionen die sechs Dochte einer großen Kerze an. Das war toll!! Ermutigend!

So endet der Rückblick auf ein langes, schönes, oft wunderbar behütetes Leben. Der kann nicht enden ohne tiefe Dankbarkeit gegen Gott, den oft so Unbegreiflichen, aber in Christus uns immer Nahen. Dazu der Dank an meine Frau, die nun seit fast 60 Jahren mein Leben teilt, mir immer geholfen und mich ertragen und geliebt und uns drei gesunde Kinder geschenkt hat. Der Dank für unser gutes Familienleben darf nicht fehlen und auch nicht der Dank für die vielen Menschen und Mitarbeiter.

Zusammen alt werden und zusammenwachsen – das ist wohl das Geheimnis einer guten Ehe. Unendlich dankbar sind wir, dass wir das erleben dürfen. – Alt werden ist nicht leicht.

Wenn ständige körperliche Schmerzen und Behinderungen dazu kommen, ist es schwer, gelassen und geduldig zu bleiben. Wir sind dankbar, dass wir uns dann gegenseitig helfen können.

Auch der Rückblick auf das geistliche Leben und Werden ist nicht einfach. Ich habe viele Zeiten gehabt, in denen es für mich herrlich war, predigen zu dürfen. Es gab auch andere Zeiten. Dann wurde es mir schwer, vor allem bei Beerdigungen. Manchmal fiel mir Goethe ein: »… dass ich nicht mehr mit saurem Schweiß sagen muss, was ich nicht weiß … und tu nicht mehr mit Worten kramen«. – Den *Faust* hatte mir mein Vater 1943 ins Lager schicken können und ich habe ihn seitenweise auswendig gelernt. Jetzt begleitet mich diese Warnung ständig.

In einer Weihnachtspredigt über die Engel habe ich diese wie üblich tüchtig entmythologisiert: »Gottes Engel brauchen keine Flügel«, sondern wache Augen, schnelle Füße und helfende Hände. Jeder von uns kann solch ein Engel werden … Dann taten mir die Frommen leid, die fest mit ihrem Schutzengel rechnen und ich fügte eine »persönliche Bemerkung« hinzu: »Falls ich einmal, im Alter oder nach dem Tode, noch zulernen sollte und begreifen, dass es doch noch andere Engel gibt, dann will ich auf die Knie fallen, Christus die Ehre geben und bekennen: Ich war ein Esel, aber ein Esel an deiner Krippe.«

Hildesheim, am 4. März 2008, unserem 57. Hochzeitstag um 6 Uhr früh

Abbildungen

Namensregister